人文
诗散文
丛书

大 解◎著

住在星空下

花山文艺出版社

河北·石家庄

图书在版编目（CIP）数据

住在星空下/大解著. —石家庄:花山文艺出版社, 2020.1（2020.4 重印）

（"诗人散文"丛书）

ISBN 978-7-5511-4964-8

Ⅰ.①住… Ⅱ.①大… Ⅲ.①散文集－中国－当代 Ⅳ.①I267

中国版本图书馆CIP数据核字（2019）第201650号

策　　划：曹征平　郝建国

丛 书 名："诗人散文"丛书

主　　编：霍俊明　商　震

书　　名：**住在星空下**
Zhu Zai Xingkong Xia

著　　者：大　解

责任编辑：董　舸
责任校对：李　伟
装帧设计：王爱芹
美术编辑：胡彤亮
出版发行：花山文艺出版社（邮政编码：050061）
　　　　　（河北省石家庄市友谊北大街330号）

销售热线：0311-88643221/29/31/32/26
传　　真：0311-88643235
印　　刷：石家庄众旺彩印有限公司
经　　销：新华书店
开　　本：880mm×1230mm　1/32
印　　张：8.75
字　　数：170千字
版　　次：2020年1月第1版
　　　　　2020年4月第2次印刷
书　　号：ISBN 978-7-5511-4964-8
定　　价：58.00元

总　序

◎ 霍俊明

已经记不得是在北京还是石家庄，也忘了谈了几次，反正建国兄和我第一次提起要策划出版"诗人散文"系列图书的时候，我就没有半点儿犹豫——这事值得做。而擅长写作散文的商震兄对此更是没有异议，在石家庄的一个宾馆里，他一边吸着烟一边谈论着编选的细节。

"诗人散文"是一种处于隐蔽状态的写作，也是一直被忽视的写作传统。

美国桂冠诗人、1987年诺贝尔文学奖获得者约瑟夫·布罗茨基有一篇广为人知的文章《诗人与散文》，我第一次读到的时候印象最深的是如下这句话："谁也不知道诗人转写散文给诗歌带来了多大的损失；不过有一点却是可以肯定的，也即散文因此大受裨益。"此文其他的内容就不多说了，很值得诗人们深入读读。

收入此次"诗人散文"第一季的本来是八个人，可惜朵渔的那一本因为一些原因最终未能出版，殊为遗憾，再次向朵渔兄表达歉意。其间，我也曾向一些诗人约稿，但因为一些主客观原因，最终与大家见面的是翟永明、王家新、大解、商震、张执浩、雷平阳和我。

在我看来，"诗人散文"是一个特殊而充满了可能性的文体，并非等同于"诗人的散文""诗人写的散文"，或者说并不是"诗人"那里次于"诗歌"的二等属性的文体——因为从常理看来一个诗人的第一要义自然是写诗，然后才是其他的。这样，"散文"就成了等而下之的"诗歌"的下脚料和衍生品。

那么，真实的情况是这样的吗？

肯定不是。

与此同时，诗人写作散文也不是为了展示具备写作"跨文体"的能力。

我们还有必要把"诗人散文"和一般作家写的散文区别开来。这样说只是为了强调"诗人散文"的特殊性，而并非意味着这是没有问题的特殊飞地。

在我们的文学胃口被不断败坏，沮丧的阅读经验一再上演时，是否存在着散文的"新因子"？看看时下的某些散文吧——琐碎的世故、温情的自欺、文化的贩卖、历史的解说词、道德化的仿品、思想的余唾、专断的民粹、低级的励志、作料过期的心灵鸡汤……由此，我所指认的"诗人散文"正是为了强化散文同样应该具备写作难度和精神难度。

诗人的散文必须是和他的诗具有同等的重要性，而不是非此即彼的相互替代，两者都具有诗学的合法性和独立品质。至于诗人为什么要写作散文，其最终动因在于他能够在散文的表达中找到不属于或不同于诗歌的东西。这一点至关重要。这也正是我们今天着意强调"诗人散文"作为一种不同于一般意义上的散文的特质和必要性。

诗人身份和散文写作两者之间是双向往返和彼此借重的关系。这也是对散文惯有界限、分野的重新思考。"诗人散文"在内质和边界上都更为自由也更为开放，自然也更能凸显一个诗人精神肖像的多样性。

应该注意到很多的"诗人散文"具有"反散文"的特征，而"反散文"无疑是另一种"返回散文"的有效途径。这正是"诗人散文"的活力和有效性所在，比如"不可被散文消解的诗性""一个词在上下文中的特殊重力"，比如"专注的思考"、对"不言而喻的东西的省略"以及对"兴奋心情下潜存的危险"的警惕和自省。

我们还看到一个趋势，在一部分诗人那里，诗歌渐渐写不动了，反而散文甚至小说写得越来越起劲儿。那么，这说明了什么？说明他已经不再是一个诗人了吗？说明散文真的是一种"老年文体"吗？对此，我更想听听大家的看法。

我期待着花山文艺出版社能够将"诗人散文"这一出版计划继续实施下去，让更多的"诗人散文"与读者朋友们见面。

2019年秋于八里庄鲁院

目　录

CONTENTS

◎ 第一辑　住在星空下

◎ 第四辑　肉体的宗教

第一辑 住在星空下

黄蜂筑巢观察录

我见过大黄蜂筑巢，筑泥巢。时间是1997年夏天一个晴朗的中午，地点是我家的窗台上，一起看到黄蜂筑巢的人还有我的儿子和女儿。

那是一个星期天的中午，我家客厅的窗玻璃外飞来了一只大黄蜂（我不知道它的学名，姑且就叫它大黄蜂吧）。这是一只金色的蜂，它落在我家客厅外的窗台上，离我们只隔一层玻璃，直线距离也就是两三厘米左右，所以我们看得非常清楚。我们发现，它正在用泥巴筑巢！这只黄蜂，体长足有三厘米，腰部细而长，腰最粗的地方直径也不足一毫米，而腰长却有五六毫米，细腰连接在胸脯和肚子之间，我真怀疑它吃下的东西是怎么从这细腰过渡到肚子里去的。在细腰的后部，是一个鼓胀胀的大肚子，非常饱满。它的翅膀大而透明，看上去很有力，它在工作时翅膀是收缩的。它的胸部形状和大小像是一颗黄豆粒，只是比黄豆稍微小一点儿，它的四只短腿和两只长腿都长在胸脯上。画出来就是这个样子：

　　现在它在忙碌、认真地工作；我们三个脑袋紧贴在窗玻璃上，在忙碌、认真地观察和记录。我们和它相隔只有几厘米，也许室内和室外光线有别，屋里光线较暗？也许是它视力不太好？也许是它专心于工作？也许是它根本就不怕人？总之，它似乎没有发现我们的存在。

　　大黄蜂可能是嫌这个地方风水不太好，刚打好小泥巢的地基，就飞走了，不再来了。我们正在纳闷儿，不知它去了何处，谁知它又相中了我们卧室外的窗台与墙角之间，一个三角地带，又在那里另打地基，在重新筑巢。它选的位置与客厅外的墙角一样。当我们发现这个新址的时候，新巢已经有了三团泥。这时是12点50分。我们看得非常仔细，它是这样工作的：它从窗台上起飞，落在两个楼房之间的空地上，那个地方肯定有一个小泥坑，它肯定是用爪子团好一团泥，拨出泥里的小石块或大一点儿的沙粒，然后抱起这团泥，艰难地起飞。我们看见它飞得很吃力，从东南方向飞来，落在我家的窗台上。它可真是一个大力士，四只前爪抱着一团泥，飞翔时两只后腿向后伸，它抱的泥团足有自己的胸脯那么大。它把新泥抹在旧泥上，地基是一个圆圈状的泥墙。它抹的时候，是用嘴和两只前爪工作的，而且配合得非常默契。它的嘴往后抹，两个前爪往前和往上推抹，直到把泥巴垒起来，真不知它是从哪学来的手艺。它抹好泥后，还要在巢上转一圈，然后飞走。它抱来新泥后，正好前一次的旧泥已经凝固，它抱着新泥，在巢上停下来，约略观察三四秒钟，也许是歇一下，也许是选择地方，看看把这团泥抹在哪里最好。从12点50分至1点20分，它抱了七次泥，垒了七团泥，已经在墙角垒起了一个圆圈。我们一边观看，一边做记录，它去楼下取一次泥并把泥垒到巢上的时间加起来大约是四分钟左右。

具体观察记录如下：

第八次泥……

第九次泥……

第十次泥是1点40分。

第十一次泥是1点44分。

第十二次泥是1点48分，1点50分飞走。

第十三次泥是1点53分。（1点53分飞来，1点55分飞走，这中间的时间是垒泥墙占用的时间。）

2点1分，女儿发现这只大黄蜂又把泥抱到了客厅外的老巢，正在往上垒，这时老巢已经约有五团泥那么多。我们感到奇怪，它不是已经抛弃了这个老巢了吗？怎么又回来了？因为两个巢的地理位置是相似的，是不是它的判断出了错误？它忙活了一分钟，2点2分飞走。

2点7分20秒，老巢第六次泥，2点9分飞走。

2点11分20秒，老巢第七次泥，2点13分飞走。

2点15分20秒，它又把泥抱到新巢，给新巢抹上第十四团泥（我们发现它的工作秩序有点乱套），2点16分58秒飞走。

2点22分，新巢第十五，2点24分45秒飞走。

2点27分，新巢第十六，巢已接近封口，不一会儿就做好口了。2点29分，彻底做好一个巢。

现在我要说说这个巢，它是一个大肚坛子状的泥巢，形状画出来就是这样：

蜂巢的壁厚大约2~3毫米，直径约有15毫米，高约15毫米，巢口的口径很小，口的边沿是向外翻的。巢的形状就像是一个未经烧制的泥坛，饱满、浑圆、粗糙、漂亮。我们看到，它用的泥是就地取材，算不上什么好泥，泥里还有许多小沙粒，土也不太黏，但它却做出了这么好看的巢，真是一件绝美的工艺品。当时我们都看傻了，都为它精湛的技艺赞叹不已。女儿说，我也想做一个这么小的泥巢，儿子说，你要做巢，必须拜大黄蜂为师。

接下来的事情是我们想象不到的。黄蜂做好巢后，迫不及待地把尾巴从巢口伸进去，然后浑身颤动，看它的动作，好像是在往里面下卵。我看看表，此时是2点29分10秒。2点31分30秒，它下完卵（姑且就这么认为吧），尾巴从巢口里出来，在巢口上撒泡尿（也许是拉屎？反正是一摊稀东西），然后飞走了。我们以为这样就算完了，也就不再记录时间了。没想到，过了好一阵子，大黄蜂又飞回来了，它非常吃力地抱来了一只青虫子，是槐树上打提溜的"吊死鬼"。我们想不出它要干什么，是啊，它弄来个虫子干什么？我们看见它把这虫子往泥巢里塞，泥巢口小而虫子大，大黄蜂费尽周折才把这个鲜活的很不老实的家伙塞进巢里，把泥巢装得满满当当。大黄蜂看见虫子在巢里蜷曲着身子，无法再爬出来，才放心地飞走了。我们想，它不会费这么大的力气，只是为了给青虫子造一个家吧。可是不多时，它又飞回来了，它抱来一团泥，把装有虫子的巢口密封起来。这样，虫子透不过气来，还不被闷死？这显然不是在给虫子安家，它可能是在为它所繁殖的后代准备食物，使它们在泥巢里一出生就能吃到好东西。我们只能这样猜想，不然它装进只大青虫干什么？

第二天上午，我们发现，它在巢的旁边又筑起了三四个这样的泥巢，新巢覆盖旧巢，几个巢堆垒在一起，破坏了原来的建筑美，看起来也不像坛子了，我对它的观察也就失去了兴趣。黄蜂所考虑的可能不仅仅是美观，还有建筑学的考虑，工料的考虑，生存的考虑，隐蔽的考虑等等。最后，它的巢看上去就像是堆在墙角的一个小泥堆，不细看，你就想不出这是一堆蜂巢。

它对自己建造的巢，可能也比较满意，做好后，总要在巢上转几圈，但它的脚很轻，从不踩坏泥巢。到后来，它把所有的精力都用到新巢的建设上，再也没有往旧巢抱过一次泥巴，那个垒了一半的旧巢被它彻底放弃了。

大黄蜂的巢隐蔽性很好，但我知道这个小泥堆是怎样建筑起来的，也知道它的里面藏着什么秘密。大黄蜂可能也意识到了这一点，但它没有怕我们，它就在我们的眼皮子底下坦然地完成了自己的建筑。

2001年5月30日

补　言：

　　今天，我去井陉县于家村附近的一座山上拣石头时，发现路边一块大石头的立面上，有一个泥土蜂巢，看上去很瘪，直径约有5～6厘米大小，而高只有两厘米左右。我用镐轻轻捅破它，发现泥巢里面的石头上原有一个自然形成的坑，巢建在坑的上面，由于利用了自然地形，外面看上去巢很瘪，而实际上里面的空间并不小。巢破后，里面爬出一堆青虫子，大约有三十多条，全是树上的"吊死鬼"，它们大小不均，大的有两厘米，小的甚至不足一厘米。这些青虫肯定都是蜂捉来的，囚在这个泥土的监狱里，它们居然还都活着，可见蜂巢是透气的，不然青虫们早就被闷死在里面了。由于我的好奇和破坏，虫子们重新获得了解放，但我却破坏了一个蜂巢。

　　我只见过装有一只青虫的黄蜂的泥巢，还没有见过装有这么多虫子的大泥巢。可惜今天我没有见到这个蜂巢的主人是什么样子，我猜想，不管它是一种什么样的蜂，它肯定是一只下了许多卵的母蜂。这只蜂的建筑技巧和捉虫子的能力让我吃惊。

2001年6月9日

吃　虫　子

谁敢吃虫子？我敢。小时候，我吃过许多种虫子。

现在让我一一细述它们的名字和吃法：

首先说黄虫。这是我最爱吃的一种虫子。它们生在土里，尤其是长满柴草的山坡地。黄虫浑身都是黄色的，看上去有些透明，有手指粗细，头上长着两个扁而硬的钳子，紧贴在脑门儿上，就像一个指甲从中间裂开一样。这么说吧，大黄虫趴在地上的样子，其大小、长度和形状，酷似人的大拇指。我小的时候，我爷和我爹去山上刨地，回来镐把上准定用细长的柴草根须拴着成串的黄虫。我把它们一个个解下来，在灶膛的热灰里把它们烧熟，直到它们的身体一点点膨胀，变粗，变长，最后"噗"的一声，冒出一股气，然后缩回原来的形状。快烧熟的时候，闻起来是香的。吃的时候，用嘴吹去它们身上的灰，扒开它们的肚子，去掉里面的一根直的肠子，就可以吃了。那滋味，真是香死人了。但不能我一个人吃，妹妹和两个弟弟都眼巴巴地蹲在灶膛边，馋得直咽唾沫，我们只能分着吃。还有一种虫，俗名"油嘟噜"，长得跟黄虫一样，只是身体瘦小，略显苍白，它们生在腐朽的木头里，只以啮木头为生。但烧吃的味道，跟黄虫一样香。那年月，能吃上这样的黄虫，真跟过年差不多。

还有一种虫，我们也叫它黄虫（这种叫法毫无道理），是一种深褐色的会飞的大甲虫，体长约有七八厘米，宽和厚都接近两厘米，头上长着两个长长的大夹子，有两个长而有力的翅膀，平时从不出现，只有在夏秋季节下过雨之后，它们才在天空中笨拙地乱飞，当它们落在地上，就会被我们抓住，装进罐子里。等待它们的是：被吃掉，当然也是烧吃。

再说蝗虫。我们那里叫"青大愣"，也就是绿色的大蚂蚱。也是烧吃，但下货比较多，能吃的部分也就是肚子。香味也不错。

与其类似的还有"老扁儿"，是一种身体细长，头很尖的绿色蚂蚱，它们的头上长着两根细须，好像是收听动静的天线。虽然它们的防身设备不错，但我们仍能不费力地抓住它们。我们用手捏住它们的大腿，它们的身体就一上一下地簸动，像是农民在簸"簸箕"。于是我们就一边让它们动，一边振振有词，说出一种古老的歌谣："老扁儿老扁儿簸'簸箕'，你躲了，我过去。"我从来不知道这歌谣的意思，只知道这么说。这种老扁儿烧吃的味道也不错。

我还吃过"刀狼"，学名叫螳螂，烧后，肚子可以吃，但要注意，里面常常出现"线虫"。

其他各类蚂蚱也吃过。在我的记忆里，凡是绿色的蚂蚱都可以吃，都吃过，但褐色或颜色比较深的蚂蚱没吃过，我一见它们嘴里吐出的黑色唾沫就认为有毒。

只吃过黄虫和蚂蚱之类，这算不了什么。小时候，我还吃过"洋拉子罐"，这是一种粘在酸枣枝或柴草棵子上的绿毛虫结的硬壳，其形状和硬度都似鸡蛋，但长度只有一厘米那么大，壳是土色的，上面带有白色斑纹。还有一种极其小的"洋拉子罐"，只有秫米粒大小，看起来非常可爱。它是绿毛虫的家，是它们过冬的安乐窝，里面住着一个胖胖的虫子。别看它们现在乖得很，一旦它们出来，你就惹不起。它们一般在秋季出世，在灌木丛的叶子上，身上长着一簇一簇的长毛，毛上有毒，人的皮肤挨上它们，就会被蜇，使你皮肤红肿、疼痛难忍，几天不消。但在它们待在壳里的时候，就不那么可怕了。我吃它们，也是烧吃。把它们放在灰火里烧烤，直到它们的壳爆裂，取出里面的虫，非常香。

刀狼的卵也是粘在柴草棵子上，呈柱状，长约三厘米，直径约有两厘米，卵被裹在泡沫状的海绵体里，烧熟后，放在嘴里一嚼，就会吃到非常香的刀狼卵。

我记得我还吃过墙角上结的蜘蛛的卵。烧吃。

我还记得我吃过黄泥饼。那年我家里来了一个驼背的织苇席的老人，他用黄泥做成几个饼，在灶膛里用炭火烧烤。他给了我一个，我当时就吃了，现在我已经记不清是什么滋味了。当然这是题外话，与虫子无关。

这都是小时候的事情。我已经几十年没有吃过虫子了。回忆当年，我经常悔过，我吃了那么多虫子，虫子有知，一定会恨我。我对不起虫子。我吃了虫子，我感到很残忍。那时，我是幼小的，无知的。如今，我一般情况下不会故意去伤害虫子。

　　虫子的生命也是生命，也应受到尊重和保护，即使它们是卑微的，甚至看上去是有害的。世间万物都有他存在的理由。这世界，不仅仅是我们人类的，也是万物的家园。

2001年5月19日

可怜的野兔

每当我看见兔子，我想到的不是可爱的小动物，而是想到它的肉。这与我小时候的经历有关。我的老家是山区，山上有许多野兔。小时候，我吃过四次野兔肉，而且每次都有特殊的经历，都令人难忘。

第一次吃到兔子肉是妹妹的功劳，准确地说是妹妹挖野菜时带去的大黄狗的功劳。当时妹妹也就是五六岁吧，几个小孩子提着篮子去山上挖野菜，我家的大黄狗也跟着上山玩儿去了，没想到它却发挥了作用。妹妹正在挖，抬头看见一只兔子正在离她不远的地方奔跑。妹妹立即大喊："兔子！大黄狗，追！"我家的大黄狗真是一条通人性的狗，立即追了上去。兔子不跑还不要紧，它这一跑，更激起了大黄狗追击的兴趣。经过一番生与死的角逐，兔子失败了，大黄狗按住了野兔，把它咬死，叼了回来。

第二次是我和二弟在山上砍柴，二弟看见一只兔子在松树下睡觉，它可能是睡得太香，太沉了，没有听到我们的动静。二弟最初以为是一只死兔子，不然它为什么躺在地上不动？它一直睁着眼睛，据说兔子睡觉时总睁着眼睛。不管它是睡觉还是死去，给它一镰刀再说。二弟果断地举起镰刀，对准兔子的脑门猛砸下去，只一下，兔子立即从坡上滚下山去，最后停在沟渠里。原来，这是一只活兔子，临死前，说不定还做着美梦呢。接下来的事情就可想而知了，它变成了一锅兔子肉。

第三次是三弟亲手捉住的，是一只小野兔。那时三弟大概十二三岁，跟母亲去豆子地里拔草，当时豆秧长得不足半尺高，绿色还盖不住土地。三弟在地边上发现了一只小野兔，便开始追。兔子在平地上跑得并不太快，何况还是一只小兔子。三弟追了半里多，直到兔子奔跑和惊吓过度，吐血而死。三弟拎回兔子，像一个英雄，得到了母亲的夸奖。那次炖兔子肉，自然是三弟吃得多些，我们也解了馋。

第四次，是一年冬天，那天的天气特别冷。我和伙伴赵国安，背着花篓在山上搂毛柴，我看见头顶上空有一只鹰横空飞过，爪子上抓着一个很大的东西。鹰飞得很慢，很吃力，可见它抓的东西不轻。我对着鹰，用尽全力大喊一声，把鹰吓了一跳，一下子松开爪子里的东西，然后仓皇飞走。我看见一个大块头从空中落下来，掉在山坡上，顺着山坡一直滚到沟里。伙伴赵国安正在我的下面搂柴，看到这一切，抢先跑下山去，抓住了那个东西。原来是一只冻得硬邦邦的兔子，足有十斤，肚子已经被掏空。可见这是鹰吃过的，一顿没有吃完，剩下的准备吃下顿，不幸在转移途中，被我们给打劫了。这只兔子是我喊住的，却是赵国安捡回的，没法分配，于是他拿回自己的家里炖了，送给我满满的一碗兔肉。

我吃野兔时，心里并没有想到它是多么善良可爱的小动物，因为山里野兔很多，况且它们经常糟蹋庄稼，尤其是豆子秧。农民恨兔子，把它们当成小偷对待。当然野兔也有自己的生存法则，它们肯定有偷吃东西的理由，或是为了哺育幼崽儿，或是由于饥饿等等，但它们没有得到农民的谅解。时至今日，我的老家仍有猎取野兔的人，人们不仅仅是出于仇恨，还有吃肉解馋之兴趣。怎样才能说服农民不猎取野兔呢，我想不出充分的理由。看来，野兔和农民的对立关系暂时还得不到和解，野兔还将在人类的威胁下生存。唉，可怜的兔子啊。

2001年5月25日

消逝的马车

最近，在石家庄市柏林南区，我经常见到一辆狗拉的四轮车在街道上奔驰（其实并不快），车铃声叮当作响，煞是热闹。三条高大的狗十分卖力，车篷里只能容下一个车夫——一个干瘦的老头。由于是狗拉车，行人纷纷侧目，报以新奇和羡慕的眼光。我确实觉得那老头是一个会享受的人，不亚于英国中世纪的绅士。我倒不是说这狗拉的车如何如何好，如果人们都坐这样的车，对于现代高速运转的城市，岂不是即滑稽又不切实际。但对于坐惯了轿车的人来说，被钢铁和石油所驱动，显然不如肉体的驱动更加昂贵和气派。记得我结婚时，我的新娘是坐着马车来到我家的。她披星戴月，一路轻风，赶到我家时恰是清晨，真有田园诗般的情趣。

许多年过去了，我久居城里，很少能见到马车了，即使在乡村，马车也大多被拖拉机所取代。至于说狗拉的车，是极少见的，只有在东北的大雪地里才可能见到。在城里，很少有人玩儿这一套。因为狗实在不是个拉车的动物，且这样的车总有一种玩闹之嫌，有身份的人是不会坐的。现在人们坐的车越来越讲究，车牌和号码已经成为一个人尊卑贵贱的重要标志。可以说马车已经远远地落后于这个时代，再过若干年，它很可能只存在于字典里和乡土诗人怀旧的诗篇中。

随着机器取代了马匹，运输的速度和能力也不知提高了多少倍，金钱的砝码也在不断地加重。尤其是人们在结婚仪式上的攀比和炫耀，已远不是马车时代的人所能猜想。人们动辄就是一个浩荡的车队，相比之下，我倒觉得坐马车是一种莫大的福分。马车有许多好处。第一，它通风又平稳，一般没有车毁人亡之险；第二是节俭，不需要大力铺张和耗费；第三，没有空气污染，于环境无害；第四，富有情趣，少有晕车之烦恼。除了这些，更重要的是能够使我们回味淳朴的风习。当然，这只是我的一厢情愿，对于城市而言，行人和汽车密集，交通和市容也不允许。因为机器早就以强大的攻势占领了我们生活的每一个角落，马车的时代已经过去，它不仅仅带走了世间和尘土，也带走了我们遥远的田园之梦。

一次，我坐在火车上，走了上千里，在所经之途仅仅看到一辆马车。当它与火车同向而行，转眼就被远远地抛在了后面，我仿佛感到马车不是在前进，而是在火车呼啸的风声中撤退。我又想起了我结婚时的马车，突然有种伤感和丧失什么的感觉。也许，对于这个时代，我已是一个不合时宜的人了。如此固执下去，我不仅仅被功利之人耻笑，也将被物欲的洪流所抛弃，就像那视野中渐渐消逝的马车。

1992年

西　风

昨天夜里刮了一夜大风。这是早春，我知道风是从西边刮来的，风从河西走廊一直向东吹，携带着沙粒，穿过丝绸古道，翻越过黄土高原和太行山，经由石家庄上空，疏散在小麦返青的华北平原上。

大约后半夜，我从朦胧中醒来，闻到屋子里有一股尘土的气味。我打开灯，用纸掩住窗缝。我掀开窗帘，看见外面夜色并不太黑，看不见几颗星星，远近楼房里多有亮灯的地方，可能是人们都在掩窗子吧。在西面楼顶上空，一轮苍白暗淡的月亮无奈地悬浮着，对于这大风，它一点办法也没有。

近些年，每到春天，电视中总会播出沙尘暴的消息。原因是西北地区多年干旱少雨，地表植被减少，又加上人为毁坏了草场和森林，自然环境逐年在恶化。据说用不到一百年的时间，沙漠就会进入北京。这绝非危言耸听。

我相信这种说法。我甚至认为，华北平原深厚的土壤，不全是河流冲击的结果，有相当部分是来自于旷日持久的西风，来自于荒凉的沙漠和戈壁。地球在自身的运动中创造了这样的地貌和强烈的季风，我们可以固定住沙漠，但注定止不住西风的吹拂。

今天早晨，风渐渐小了，太阳出来后，风完全停下来。九点以后，我和女儿骑车去西郊，准备去挖野菜。郊外，通向鹿泉市的道路两旁，白杨树已经伸展出嫩绿的新叶，道路两旁是平展的麦地。由于去年冬天降雪过多，给过冬的小麦灌足了水分，田野间的小麦一片油绿。越过前面的村庄，向西望去，太行山余脉的低矮山峦在阳光中显现着清晰的轮廓，在山脚下，一座山城把它白色的楼群收拢在麦地和山脉之间。但在它的周围，众多小水泥厂冒出的灰色烟雾向天空散开，对附近地区以及石家庄市的大气造成了污染。

上午10点左右，微风飘起，又暖又爽。这风不是来自天空，好像就是附近麦田里生成的，风中没有沙粒和尘土，也没有烟雾。我敢肯定，这是本地的风，这风只在田野和树叶间飘荡，不会吹到远处。女儿高兴地跳了起来，她跑进了麦田的畦埂里，兴奋得又喊又唱，好像一只刚刚会飞的蝴蝶。

微风吹在我的头发和脸上，我感到浑身暖融融的。好久没有这样的风了。说实话，由于春天风沙太大，我十分厌恶春天。又由于石家庄的春天太短，刚刚脱下过冬的衣服，紧接着天气就热起来，好像春天在眨眼之间就过去了。今天难得有这么好的风，这么宜人的气温，如果闷在家里，可就对不起老天爷了。

我知道这样的天气是少有的，我们在风中玩儿了整整一个上午，虽然也准备好了塑料袋和小铲子，但没有挖到一棵野菜。说实话，我们尽情享受着春天最美好的时光，我们早已经忘记了挖野菜的事儿。

2001年3月31日

对面的夕阳

现在，夕阳正在天的尽头下落。一片模糊的云层在大地的边缘上弥漫，在迎接这颗发红的太阳。今天的云彩比往常厚，好像远方有相向的大风把地上的炊烟聚集在一起，堆在了夕阳下面，看上去一片软绵绵的。但下落依然是危险的事情。

我认得这颗太阳，昨天和前天我都在同一个位置上见过它，许多年前我就观察过它下落的过程。它看上去没有变，还是那么大，那么圆，而我却在变，我和昨天的我已经不同。在我的生命内部，每时每刻都在发生着变化。时间在我的体内不停地进行着叠加，它叠加的速度正好与我生命耗损的速度相等。因此，时间是一个减法计算器，在不停地削减着人们生命的尺寸。

太阳也在时间的追杀范围之内。当它从太行山的山顶上落下去，隐藏在陡峭的岩石背后，黄昏就会从华北平原上那无边无际的麦地里升起，把远近的村庄笼罩在一片迷蒙的暮霭中。时间在每一块转动的钟表上宣告着一个白昼的结束。但今天的夕阳落得不快，它非常从容，好像根本没在意谁在观察它，它甚至对笔直地伸向它的柏油马路和路上奔跑的汽车也不屑一顾。这颗伟大而傲慢的恒星，用它强烈的光芒独霸了天空。现在，它放弃了东方大地，正在启动西方的黎明。我知道，只有等它落下去，完全湮灭在远方的群山之中，一直悬在我们头顶上的星星才可以显现出来，露出它们微不足道的光辉。

此刻，太阳就要落下去。这是它在一天之内的衰老。时间剪掉了它的锋芒，使我们能够用肉眼直视它。它比正午变大了许多，色彩也由白亮转为暗红，把它下面的云彩也染得一片殷红。人们在地上走着，带着长长的影子。远方，太行山的阴影在加重，在重叠，好像已经瞧不起这颗太阳，当它还未落尽时，阴影就从所有的暗处钻出来，挤占这个世界。这时，我感到有一股悲壮的激情正在我的身体里升起，使我有一种奔跑和呼喊的欲望。但我既没有奔跑也没有喊出声来，而是静静地肃立着，在内心里向这颗衰老的太阳深深地致敬。

太行山挡住了华北平原和油绿的麦地，让夕阳落在山脉的另一边。红云渐渐变暗，光芒撤出了天空，我的对面空了，代之而起的是白昼与黄昏交替时短暂的晦明。我知道辉煌的白昼已经结束，日和夜进入了下一个轮回。明天的太阳还会升起和落下，但那是明天的太阳了，明天我可能站在别处，也可能忙于事务，没有时间观看夕阳，尽管它同样壮丽。

我生活在太阳底下已经这么多年，能够感到太阳存在的时候不是很多，但这一切都不要紧，时间在暗中记录着世界上发生的一切——一切运动、变迁、升华、沉沦。在我们出生以前和死去之后很久，这一切还将不停地运转，伟大的自然法则不会因我们的意志而有丝毫改变。

太阳知道这规律，因此它丝毫不差地遵循着恒常的法则，亘古如斯。只有匆忙的人世太短暂，在频繁地更换面孔。也许在太阳看来，它所面对的每个人，每天都是新的。就冲这一点，它也值得每天升起一次。

2002年4月10日

夜晚的光束直上天空

　　一天夜晚，我和女儿在大街上散步，我偶尔眯了一下眼睛，当眯到半睁半闭的时候，奇迹出现了。大街上明亮的路灯和奔驰的车灯，以及楼房里透出窗子的灯光，全部变成了闪烁的光束。我看到，每一丛光束都由十来根光线组成，以灯为基点，呈散射状向天空射去，散射的角度不大，整个光束的散角不超过摄氏十五度，光束的散射高度不超过百米。顿时，我的眼前出现了一丛丛等高、等角的光束的树林，色彩极其绚烂，有绿色、红色、蓝色、紫色、黄色等等，好像整个城市都变成了魔幻的世界。女儿学我的样子，也半眯上眼睛，她也看到了同样的奇观。

　　我们经常在夜晚逛街，只知道灯火辉煌的大街是美丽的，从没有想过灯光还会变成这样。尤其是汽车的灯光，在无数的光束丛中是移动的，在大街上形成了流动的光束群。

　　女儿惊叫起来："爸爸你看，汽车的尾灯，更漂亮！"

　　其实，女儿的发现我已经看到。由于汽车的尾灯是红色的，因而它们所形成的光束也是纯粹的红色，呈现出红宝石般透明的色彩。在众多的光束中，尾灯的光束确实是最漂亮的。在我们半眯的眼睛里，大街上所有的事物都消失了，夜晚一片朦胧，只有美丽的光束在闪烁，或飞快地移动。

这时，大街上行人匆匆，他们不知道我们在看什么。为了这个发现，我真想揪住人们的衣角，告诉他们，让他们也看看这奇妙的景象。

女儿问我："光束为什么都向上，而不向下？"

"下面是坚实的土地，光扎不下去，而上面是无限的星空，它们当然要向上散射。"我说不出道理，就瞎编一气。

"那光束为什么都是一样高？"

"是我们的上眼皮挡住了光束，不然，它们还会更高的。"我很得意，觉得这句话还有些道理。

"光为什么会变成光束？"

"为什么一束光是十多根光线而不是一百多根？"

"为什么光束会有那么多种色彩？"

女儿又问了许多，我根本回答不上来。我只好哄她说："等咱们回家，查一查资料就知道了。"

我和女儿站在街边，环顾四周，看到了整个城市的灯火。每一点光都在闪烁，都在变成光束，好像听从了星星的召唤，射向浩渺而神秘的夜空。我从没有见过如此灿烂的夜晚，所有的光都站立起来，都从自身中分离出许多根线条和多种色彩，共同来装点这个世界。我恨自己，为什么到现在才发现这些，而不是很久以前呢？我天天生活在这个世界上，却对这美景视而不见，真是极大的浪费。

我和女儿仿佛进入了童话世界，看了很长时间，女儿看不够，都不想回家了。而当我们睁开眼睛时，路灯还是路灯，车灯还是车灯，一切都恢复了原样。但只要我们半眯上眼睛，所有的光又都竖立了起来。可见世界还是原来的世界，只要我们改变一下对它的看法，就会出现意想不到的奇迹。

2002年1月2日

子夜鸡鸣

昨天夜里，大约子夜时分，一个熟悉的呼声把我从睡梦中唤醒，恍惚中，我听到像是公鸡在打鸣。这怎么可能呢，我感到新鲜。我仔细倾听，确实是鸡叫，声音沙哑、短促、突兀，听起来让人心慌，与城里的夜晚格格不入。这是一只什么样的鸡呢，我猜想着，久久不能入睡。

在城里，我已经近二十年没有听到过鸡叫了，因而听起来非常陌生。平时只有在商场里的货架上才能见到鸡，那是些包装好的光溜溜的鸡。或是在餐桌上见到鸡。这些鸡已经不可能再打鸣了。据说现在大规模的养鸡场里，从小鸡出壳到成鸡宰杀，只有五十六天时间，也就是说，是些速生鸡。以它们的生长期，还来不及学习打鸣，甚至根本就没有听过鸡鸣，就被杀掉了。因为在它们的生活范围内所能见到的最老的鸡才能活五十六天，个头虽大，论年龄却还是个孩子，甚至还没有恋爱过，还没有学会做父亲和母亲，就到了生命的尽头。它们怎么会打鸣呢？因而我推断，这只打鸣的鸡，可能来自于乡下，是只老土鸡。

在乡下老家，我最爱听鸡叫，尤其是在子夜，整个乡村一片沉寂，人们都在梦中，那种悠长的、明快的，听起来让人感到舒缓的，带有神秘感的鸡叫，总让人感到一种彻骨的忧伤和宁静。仿佛是隐隐约约的号角在黑夜里响起，先是一两声鸡鸣，而后三五声跟随，再往后是整个村庄的鸡鸣连成一片，掀起一个鸡叫的高潮。鸡在叫，而人不醒，这时，仿佛整个村庄都是鸡的世界。鸡究竟为什么要叫，而且在子夜鸣叫，令人费解。但它们的叫声赢得了人们的默许，甚至成了乡村夜晚的一部分。如果夜里没有了鸡叫，人们就会睡不踏实，心里就觉得空落，甚至怀疑要出什么不祥的事情。是啊，在乡村，谁家没有几只或者一群鸡呢？哪个鸡群里没有一只公鸡呢？哪只公鸡不会打鸣呢？如果你在夜里赶路，听到了连成一片的鸡叫声，你就会知道附近有一个大村庄，你就不再感到恐惧和孤独，同时你也会根据鸡叫的遍数，推测出时辰。

鸡在夜里要叫三遍，第一遍在子夜时分，这是最浩大的一次鸡叫，每个公鸡都要叫，而且声音响亮，余音悠长，谁也不甘寂寞；第二遍在丑时，不像第一遍鸡叫那样整齐，有的鸡在叫，有的鸡不叫；第三遍在天亮卯时，这时人们已经早早起来，不太注意谁家的鸡在叫，谁家的鸡不叫。鸡究竟是叫给主人听的呢，还是叫给同类听，还是出于生理上的需要？鸡的鸣叫肯定有它的用意，只是我们不懂它们的语言，猜不透其中的意思。

由此我想，昨夜打鸣的鸡，肯定是来自乡下。它可能不知道城市里没有鸡，也可能知道，但出于习惯，它要叫，它不叫就憋得慌。它觉得自己半夜不叫就不是公鸡。于是它叫了，只叫了几声，孤零零的，没有任何回应，没有另外的鸡听到它的叫声。在城市里，它是孤单的，不和谐的，甚至听起来有些怪异、悲惨。说实话，它的叫声特别不好听，声音粗短，没有底气，一点也不委婉悠长。它好像是专门为我这个曾经在乡村生活过的人而叫的。它似乎知道我在子夜里会听到它的叫声，它也许在想，能有一个人听懂我的叫声也就足够了。

　　它真是想到我的心里去了。这几天我非常想家，想在农村老家生活的父母，他们年事已高，农活又累，我想抽时间回去看看他们。正在这个时候，鸡就叫了。我就再也睡不着了，我想起了老家的许多事情，想起了自己的童年。我愿意这只鸡多叫几声，以便使我想起更多的事情，但它只叫了那么五六声，就再也不叫了。怎么就不叫了呢？叫吧，鸡，我不嫌你的声音难听，你是鸡，你应该叫。你不孤单，有我在倾听你的叫声，可能还有另外的人也听到了你的叫声，他们也都理解你的处境和心情。应该说，你有知音。如果我暂时不能回老家，我一定要在夜晚，轻轻地睡，注意倾听你的叫声。

2001年10月31日

窗外有三种鸟

　　最近，我家的窗外有三种鸟的叫声，最引人注意。一种鸟是鸡（由于长相，我姑且把鸡也划在鸟的类别里，没有征求过专家的意见），而且是个大公鸡，我不知道是谁家养的，这几天经常叫，夜里叫，白天有时也叫，声音悠长、委婉，气韵流畅，有一种荡气回肠的感觉。从这只鸡的叫声，我能判断出它是来自于农村的年岁比较大的鸡。因为养鸡场里的鸡都活不长，几个月就出栏，变成鸡肉，摆进商场的橱窗里。一只养鸡场里的公鸡，还没有学会打鸣就被宰杀了，它不可能叫出如此悠长的声音。前些年，我居住的小区里就有人养过一只鸡，叫声又短促又难听，一听就知道是来自于养鸡场的仔鸡。当时，它在夜里应该叫的时候准时叫，声音虽然难听，还是感动了我。毕竟我已经多年没有听到过鸡叫了，听起来有一种陌生感，仿佛遥远岁月里传出的回音，一下子把我带回了童年。

　　在我家的窗外，每天早晨都要叫的鸟，是另外一种鸟。我估计是尾巴比较长的那种鸟，它们一般都在清晨叫，成群地叫，里面偶尔还夹杂着麻雀的叫声。我家窗外的楼间空地上有几棵树，长得非常茂盛，鸟儿们就落在上面，老早起来叫，叫声杂乱无章，声音沙哑，有时像是一群鸟在争吵和乱飞，但不管怎么飞上飞下，总体上不离开这几棵树。入夏以来，我每天早晨都被鸟的叫声吵醒。我一直想看看这种鸟是什么样子，但我在梦里，似醒非醒，总想起来看，但总也没有起来过，又迷迷糊糊地睡着了。平时，我见过尾巴很长的鸟经常落在这几棵树上，估计就是它们在捣乱。仅是它们叫，就已经够热闹了，关键是麻雀也在其中添乱，经常插嘴。麻雀的声音是容易分辨的，清脆，短促，欢快。有时麻雀落在我家的窗台上，离我睡觉的地方只隔一层玻璃。我简直对它们一点办法也没有，只能听它们叫。它们才不管你是不是在睡觉，它们以为天已经蒙蒙亮了，已经到了可以尽情叫的时候了，别的鸟都叫了，我们怎能不叫？我们这时不叫，还能叫鸟吗？于是它们使劲叫，好像在跟那种尾巴长的鸟比赛一样。有时，我尽量往好处想，鸟的叫声毕竟还有动听的地方，就凑合着听吧。可是朋友们啊，事情完全不是这样的，那种尾巴很长的鸟，叫声真的是不怎么好听。让你日复一日地总是听那些不怎么好听的老一套，你肯定也会腻烦的。

相比之下，鸡的叫声就好听多了。但鸡和鸟的命运却截然不同。鸟在天空中遨游，是神的子孙；鸡在地上觅食，成为人类的食品。我不知道鸡在什么年代开始脱离鸟的行列，成为人类豢养的家禽，并且进入了人类的食谱。现在，一部分鸡已经沦落为生蛋的工具，另一部分鸡直接向人类贡献肉体。它们已经失去了飞翔的能力，永远告别了天空。我把鸡划归到鸟的行列里，肯定会遭到鸟的强烈反对，鸟儿们肯定认为，那些又胖又笨的不会飞的家伙，徒有鸟的外形，实际上是一群堕落的天使。

鸡要打鸣，鸟要叫唤，这是它们的天性，我必须容许它们，任凭它们从清晨叫到它们认为该休息的时候。实际上也正是这样，它们叫过之后，就不再叫了，整个上午和下午都很安静。偶尔有知了的尖叫声从树上传来，让人产生困倦。但知了不是鸟，它们是昆虫。

有时，我在家里待烦了，想听听鸟的叫声，巴不得有一些鸟来到我的窗前，对我叫一阵。但鸟有鸟的事情，不是你随便就能叫来的，它们也在生儿育女，忙里忙外，也许只有在早晨开会或散步的时候，才会聚集在一起，寒暄、唠嗑、争吵、唱歌。大多数时候，你只能在仰望天空时，才能看见鸟的影子。但那些在高空中飞翔的鸟，可能不是在我家外面叫的这种鸟。我估计，这些在树上聚集的鸟，飞不了那么高；而那些安于现状的鸡，尤其是那些打鸣的雄鸡，早已不再渴望飞翔，它们最大的理想也许是像英雄一样昂扬地走在前面，自由自在地领着成群的妻妾和子女在草地上散步。

2007年8月5日

楼上的小狗

　　我家楼上是一家临时住户，最近养了一只小狗，我从没有见过它，但我知道它很顽皮。早晨我还未醒来时，它就开始折腾，搞出许多响动，并且一刻不停。一天，在楼道里与狗的主人碰面，主人说，小狗刚过满月，太顽皮，看见什么就叼什么，不断制造响动，如果影响了你们，请多原谅。

　　自从狗的主人说过以后，小狗错误地以为它得到了许可甚至是表扬，折腾得更厉害了。每当它闹的时候，我就想，这一定是一只非常可爱的小狗。说它什么都叼，从声音判断，我估计它叼的主要是拖鞋、木块、螺丝一类，它叼住，然后满屋乱跑，跑够了，甩掉，再叼另外的东西。如果给它找一个同样年龄的小狗，我想它将改变叼东西的玩法，改为摔跤。两只胖乎乎的小狗，即使整天摔跤，也不会发出太大的响声。

　　现在，我已经习惯了它制造的声音。只要它发出声音，我就知道它在玩耍，在奔跑，在折跟头，在追自己的尾巴，尽管永远也追不上。如果它不折腾了，我就感到有些缺失，甚至担心它是不是病了。每天早晨，都是这个小狗叼东西的声音把我叫醒，连闹铃都不用定了，这多好。我就喜欢顽皮的小动物，它折腾得越厉害，我心里越高兴。我从来没有把它的声音当作噪音和烦恼，我甚至暗自佩服，这个小家伙，精力真是充沛，整天闹，也不累。

有一天下午，可能是主人不在家，小狗发出了哭一样的叫声，我担心会出什么问题，就让老婆上去敲门，问问到底是怎么回事，但没有敲开，家里没人。后来，我们的担心解除了，第二天它又热闹地叼起了东西，看来没出什么问题。谢天谢地，小狗好，我就放心了。

有机会我一定要看一看这个顽皮的小狗长什么样。我见了它，我会鼓励它，闹吧，没关系，我不嫌你热闹。你越闹，我越高兴。小狗如果冲我汪汪地叫几声，我是不是可以理解为答应？

2001年

水　豆　腐

　　顾名思义，水豆腐，就是水多，与市场上卖的豆腐块不同，吃法也不一样。

　　我不但爱吃水豆腐，而且还会做水豆腐。这已经被我炫耀过无数次了。平时我在家里很少做饭，但有一天，我趁老婆不在家，偷偷地翻出黄豆，启动豆浆机，磨出豆浆（磨浆时加水要适量），再用麻布包过滤出豆渣，然后把豆浆烧开，再放至合适的温度（约五十至七十摄氏度），用少许卤水徐徐"点"豆腐。这可是手艺，温度高了或低了，卤水多了或少了，都不出豆腐。但我做得恰到好处。豆腐做好了，盛进白色的柳条筐里（是剥了皮的嫩柳条编织的类似盘子的筐），再用肉丁、蘑菇丁、咸菜丁（最好是腌萝卜丁）做卤，主食配以小米干饭，吃吧，管保你大饱口福。那天，老婆回家一看，桌上摆着豆腐，而且做得非常地道，着实让她刮目相看，把我狠狠地赞美了一番。当时我心里那种自豪感实在无法言表，仿佛干了一项大事业，每次想起来，都让我骄傲不已。

说实话，我就做过那么一次，比起老婆来，还差得多。她能做到每次都好，这可是需要工夫的。有一次，我在家里请刘小放和刘向东二位诗友吃水豆腐，差点撑破他们的肚皮。什么样的酒宴都吃过，都忘了，惟独那次吃的一顿水豆腐，让他们经久不忘，回味无穷。

老婆做的水豆腐，在宿舍大院里是有名的，她从来不用石膏和商场里卖的"定浆粉"，她只用卤水。因此她做的水豆腐香。为此，我们全家举手表决通过，一致评审她为家庭一级厨师。但老婆还是不敢骄傲，因为她与我母亲做的水豆腐比起来，手艺还是嫩了许多。

我的父母现在还在农村老家居住。我们每次回老家，母亲都要给我们做水豆腐。农村至今仍然沿用着用石磨磨豆腐，而不用电动器具。这是一种最原始的方法，也是最佳的方法，没有一点工业的味道。套上驴，让石磨转起来，不紧不慢地，在风中，在雨中，在我的记忆深处，母亲渐渐地老了，白发苍苍了，许多事情已如过眼云烟，惟独母亲磨豆腐的身影，在我的心中不可磨灭，成为我的生存背景。母亲做的水豆腐，水灵而不寡淡，细腻而不腻人，鲜嫩而又能用筷子夹得起来。

我们夸奖母亲的手艺，她却不以为然。因为在我的老家燕山，几乎家家都有石磨，都会做水豆腐。老家的人不以为这是一种手艺，而是极其平常的事情。记得我小的时候，农村穷得要命，人们只有逢年过节才能吃上一顿肉，平时来了客人，一般都吃水豆腐。那时吃水豆腐就跟过年似的，谁家磨豆腐了，是值得张扬的事情，差不多整个胡同都会知道。

给我印象最深的是集体吃水豆腐。一次是1973年秋天，生产队准备夜里刨高粱茬，晚饭是吃水豆腐。全生产队的劳力在一起吃水豆腐。饭后，几十口劳力在月光下走进了收割后的高粱地，队长分好垄，一声令下："刨！"整片地上只听见镐刃刨进地里的声音，听不见一句说话声。人们吃了水豆腐，还能说什么，还能有什么可说的。干吧！我至今还清晰地记得，那次集体吃水豆腐和月光下刨茬子的场面，宛如赴汤蹈火，十分悲壮。

还有一次是1991年秋天，一群文学青年去青龙县的祖山开笔会，上山之前，在山下当地一个农户家吃了一顿水豆腐。几十个人挤在一家，炕上和地下摆了五六张桌子，人们的吃相极差，好像一辈子没吃过饭，一个个狼吞虎咽。究其原因，一是大家确实饿了，二是水豆腐太好吃了。吃完水豆腐，人们精力十足，开始爬山，吼叫，好像山上来了一群土匪。

水豆腐不但好吃，据说还有药用，有健脾、润燥、降低胆固醇、防止动脉硬化、解除更年期潮热等多项功能。难怪我的家乡有那么多的长寿老人，说不定就与常吃水豆腐有关。

水豆腐好吃，做起来也不难。用饱满的新鲜黄豆（最好再加入少量生花生米），事先用清水浸泡五六个小时（不要泡时间过长，否则不好吃），用粗石磨（如果没有石磨，也可用家用豆浆机）磨浆，用卤水，在燕山里找任何一个人，都可以做出上好的水豆腐。不信，我就给你操练一番。

2001年5月18日

青龙河历险记

我的故乡在青龙河边。在中国地图上很难找到这条河，因为它是滦河的一条支流，很短，干流总长不过五百里。在枯水季节，青龙河水深在膝盖以下，清澈见底，翻开河底的石头，徒手可以抓到鱼。我经常下河抓鱼。运气好的时候，一天可以捉住五六条，最大的在二两左右，大多数是小鱼。运气差时，一条也捉不到。

有一天我照常来到河边，看到河水上涨了，浑浊不清。肯定是上游下了大雨，出现了洪水。按理说这种情况就不该下河了，可是我有些不甘心，决定试试河水深浅。我挽起裤腿，在往常下河的地方摸索着往河里走，刚刚离岸不到两米远，不料平时很浅的地方被浑水掏出一个坎子，我一脚踩空，一下子就淹没了头顶。我不会游泳，拼命扑腾，才露出水面。幸亏我的同伴赵国安一把抓住我，把我拉回到岸边。我吓死了，从此遇到浑水再也不敢轻易下河。

青龙河是我上学路上必经的一条河。每年冬天，人们都要在一个叫作大汇合的地方搭起临时性木桥，入夏前，为防止洪水冲走木料，人们就把木桥拆掉，改为木船摆渡。

人们对于船工的信任，胜过公社干部。两个船工，一老一少，说是老，也不过五十来岁，很瘦，皮肤黝黑。他们各戴一顶大草帽，挽着裤腿，都不穿上衣。在整个夏天，他们俩就是人们渡河的生命保证。

一天，河水上涨了，河面变宽，水里混杂着泥沙，卷着吓人的漩涡。人们知道过河有危险，但也没有别的办法，只能乘船过河。在洪水期，船工也格外小心，一个在船头，一个在船尾，各持一根长杆，卖力撑船。但是意外还是发生了。船到河中间的时候，水流又急又深，木杆撑不到河底，船工有劲也使不上了。我在船上，眼看着船头失去了控制，关键是船工也慌了，拼命撑杆，但已经没有用。船在顺流而下，已经漂出近百米，在一个转弯处，船头直奔一条石龙而去。石龙是铁丝捆绑的大型石堆，是人们用于控制洪流而设置的障碍。如果撞上这个石龙，一船人就没命了。

木船直奔石龙而去，眼见离石龙只有几米远了，乘船的人们真的吓傻了。就在这千钧一发之际，只见老船工大喊一声，闪开！他吼叫时喉咙里喷出了沙尘暴的声音。他分开船上的人，几步从船尾冲到船头，推开小船工，拼命地，把木杆都撑弯了，脸都变形了，骨头都要断了，他把船头稳住，在离石龙不到半米的时候，木船躲过了石龙。后来，木船漂出一里多，勉强靠岸。当人们下船时，船工蹲在船上，汗如雨下。

如今，在我们遇险的地方，已经架起了桥梁，连接两岸的是宽阔的公路。前几年我回老家，汽车从青龙河上经过，看见河面窄了许多，河道里有许多挖沙子留下的大坑。青龙河原始的风光不见了，遍布河滩的卵石被人运走，粉碎成建筑材料，而河里的沙子已经成了墙壁的一部分。

　　有时，想家的时候，我就通过网络地图搜索，在电脑上找到老家的房子，然后沿着小路到青龙河边，找到一个点，告诉我的孩子，说，这就是我当年下河差点淹死的地方，这里就是我乘船遇险的地方。这条河叫青龙河，它给予我的惊险，让我一生都感到后怕；它给予我的财富，不可穷尽，使我成为一个精神的富翁。

　　　　　　　　　　　　　　　　　2014年1月11日

草原风车

从张家口市区驱车北上，一座高山横陈在北方，山的下面是坝下，山的上面就是坝上草原。

汽车沿着山路向上攀爬，快到坝顶的时候，几个巨大的白色风车从山巅上突然升起，它们大小不一，最大的一个风车被山顶遮住下部分，远远看去，叶片伸展开足有两丈多。随着视线的转变，风车越来越高，像是诸神栽种在山顶的巨型植物，用来迎接上坝的客人，它们仅有的三片风叶在空中缓缓转动。

风车在转动，但我们却感受不到风。风穿过天空从不留下痕迹。

这是我第一次看见真的风车。此前我从电视上看见过新疆的风车，山口地区的风成年吹着那些旋转的叶片，上百架风车像是一片稀疏的白色树林。而在风车的故乡荷兰，来自大海的蓝色清风似乎与风车达成了永恒的默契，永不停歇地旋转；而在西班牙空旷的原野上，变幻成巨人的风车曾经挑逗过堂吉诃德的勇武。

坝上与坝下，落差很大。坝头上地势高，无遮挡，大风长年不断，聪明的塞北人在坝头上栽下这些风车，用它们发电。这是人们巧妙地利用了风这种宝贵的可再生能源为人类服务。如果风中不是裹挟着沙尘，如果沙尘不是越过高空，对整个华北平原构成威胁，它就是可赞颂的。

　　但是近些年来，来自西北的沙尘暴频频闯下高原，落在北京、石家庄、济南、郑州，甚至是上海的街道上，不能不让人感到恐惧。风，这种无形的气流，推动着高天里的云阵和星辰，当它呼啸的力量掠过大漠和草原，一路扬起沙尘，仿佛成吉思汗的骑兵军团在横扫大陆，什么也无法阻挡。

　　正是这片诞生了成吉思汗的广大草原，由于气候、地理等原因，以及人为的过度开发、放牧和连年的严重干旱，造成了草场退化，草原沙化，每到春天，沙尘暴遮天蔽日，其次数之多和强度之大，都使人感到，这里似乎已不适应人类生存。

　　汽车穿过山路，爬升到坝顶，风车在山顶上转身，落到了我们的身后。透过车窗，我看到辽阔起伏的草原地貌在眼前展开，一直延伸到天际。白云飘浮在远方的地平线上，像是有人在天堂里撒开了洁白的羊群。

　　但只要你的目光向下，你就会看到道路两旁青草稀疏又矮小，几乎盖不住地皮。同车人说，今年旱情严重，从春至夏，草原上一片枯黄，前些日子下了两场雨，草地上才渐渐有了这点可怜的绿色。这时，我回头遥望风车，仿佛是几棵孤零的三叶草站在风中。如果有一天，整片草原真的变成了沙漠，这些钢铁做成的风车是不是这里惟一可以存活的植物？

风车在夕阳里转动，我知道风正在草原上不停地吹拂，今天的风中没有尘埃，空气是清新的，天空也蓝得透彻，看不出一点沙尘暴的迹象，从风车的缓慢转动中，你能感到草原的平静与祥和。一些村庄在遥远的山坡上隐现，平坦的柏油路穿过一面低缓的坡谷，向北延伸，把我们引向了草原深处。

夕阳沉落在天边的云彩里，黄昏在草原上来得迟缓，我看见羊群散落在离公路不太远的地方，在低头吃草，还没有归去的迹象。

在黄昏的尽头，有人打来电话，说他们已经准备好了歌声、美酒和羊肉，并将在盛大的星空下，燃起篝火，迎接我们。

我想起七年以前，在围场草原上开过一次诗会，夜晚，也有篝火和歌声。那一夜，我们几个诗友深夜走出蒙古包，在草原上散步，仰望星空，已经领略过"天似穹庐，笼盖四野"的博大景象。

而在今夜的星空里，必将有一处神秘的灯火与星星混在一起，使草原更显得深邃而静谧。我知道，那灯火必定是风车旋转所发送的光芒。

2001年8月1日

这些都是真的

战 争 词 汇

2006年的某天，我从石家庄市和平路一所小学门口经过，看见学校门口挂着一个红布横幅，上面写着："向战斗在第一线……"当我看见前几个字的时候，我的第一感觉是，什么地方又发生了武装争端？一看见"战斗"一词，我就本能地联想到战场，有人在开枪，有人在流血，有人在死亡。你想想，"战斗在第一线"是什么感觉。当我再往下看时，才知道，附近地区没有发生战争，而是教师节时期，某个团体慰问小学老师的标语，全文是"向战斗在第一线的教师们致敬"，这使我松了一口气。

不是我神经过敏。战争实在是给人类留下了太深的伤痕。在中国历史上，战乱不断，能有几十年的和平已经非常难得。中华人民共和国成立以后，大规模战争已经过去将近六十年了，在日常生活中，战争时期的词汇还依然不时出现。比如某个县政府做出经济发展规划，他们就宣称做了"战略调整"；某个地方发生了蝗灾，就要打一场灭蝗的"全民战争"；某个部门或行业部署阶段性工作时，强调要打好"第一战役""第二战役"等。这些血腥味的词汇，在官方语言中时有出现，并深深地刻在了我们国家和民族的记忆中。

我反对战争，尤其是反对国内之间的争霸战争。几千年来，中国历史上发生了多少次为了个人或集团利益而发动的战争，每一次兵祸都要死伤无数人，殃及无数个生命。

战争是利益集团之间的集体械斗。除了为民族生存而应战（注意，我这里说的是"应战"，而不是主动侵略），战争就是罪恶。

我反对在和平时期使用战争词汇。一次无关紧要的小会议也宣布"胜利"召开，"胜利"闭幕，有何"胜利"可言？即使在战争时期，胜利的也只是战争操纵者中的一方，死亡的永远是平民百姓和由这些百姓所构成的兵员。

商场和战场

人们常说，商场如战场，我的朋友张宾对此有着截然不同的看法。他在一次经济研讨会上说："战场上死亡的永远是小兵，而商场上死的都是元帅。"他的观点一鸣惊人。我认为，这里的根本不同点在于，前者之死，牺牲的是身体和生命；后者失去的是金钱。后者的"死"是比喻性的，它不是作为真死而说出，而是"失败"的代名词。说到底，商场和战场是不同性质的两回事。

旧　书

在中国农村的大多数农户，旧书是用来糊墙、卷烟、擦屁股的东西。从文学著作到学生课本，基本上都是这个下场。在城市里，由于人们不再糊墙，抽的是盒装烟，擦屁股用的是卫生纸，旧书派不上农村这些用场。于是，一部分旧书回收到造纸厂，变成纸浆，重新造纸；另一部分旧书流落到地摊上，当作旧货卖，是读书人和收藏者寻找的特殊商品。我在地摊上所看到的旧书，大多是些淘汰下来的没有价值的废品。有时我在旧货市场上也买书，但我买的多数是工具书，基本不买文学作品一类的东西。

到现在为止，朋友们赠给我的个人专著就有几千册。说实话，我能够翻阅的也是少数。值得反复阅读的就更少。这些书，摆在书橱里基本不动，时间长了，也都成了旧书。这些书让我很为难，上面都有签名："请某某兄指正""请某某老师指正"。这些作家、诗人是看得起我才寄给我的，即使我不能及时阅读，也不能卖掉，更不能捐赠给农村中小学，我只能收藏。由于不断的积累，这样的书越来越多，而且还在不断地增加，挤占了我有限的藏书空间。估计我寄出去的书也大概是这样的下场，因此我很少给别人寄书，一是我的书成本太高，我根本寄不起，就拿《悲歌》第二版来说，书的成本不算，仅是一本书的邮寄费（国内）就达八元多；二是这么厚的书寄给朋友，岂不是增加了他们的阅读负担？如果这本书被人摆在书橱里，既不读，也不卖，也不捐赠，岂不成了一本死书？

任何书籍在出版之后，都会随着时间的推移而变成旧书。能够进入历史并长久流传的书毕竟有限，大多数旧书都将消失得无影无踪。这是书籍的宿命，也是文人墨客的宿命。这个规律是有一定积极性的，它淘汰了垃圾，留下了有用的东西。文化是在不断的积累和淘汰中进步的，我们所写所做的事情对人类的进步哪怕是有一丁点益处，也就够了。

编　书

昨天，我在电脑上整理了一下自己的短诗，想出一本短诗集。自从1990年出过一本薄薄的小册子《诗歌》（里面的诗已经不堪阅读），已经十七年了，至今我还没有出过第二本短诗集。按理说，这些年我写的也不算少，发表的也不少，可是整理之后发现，能够编辑入册的不过百页左右。自己写过的东西，沉淀的时间越久，能够拿出来的就越少。

编书是对自己创作成果的一次检阅。一个写作者，想总结一下自己，给自己一个交代，于是有没有价值的书就都出来了。但是通过编书，我发现了自己写作中的问题，为什么这一篇能够入选而另一篇就不能选呢？一是与书的选题有关，二是与作品的质量有关。编书能够发现自己的软肋。我的尴尬之处就是，能够编辑成册的东西太少。我总想编一本能够看得下去的诗集，但总是篇数不够，这样一年年过去，经过时间的淘汰，剩下的越来越少，以至难以成册。

这些年，我没有仓促出书，并没有多少遗憾。就算是一个人著作等身，但能够让人记住的又有多少呢，一两篇而已。我们这个写作爆炸的时代，在若干年后，能够流传下去的书又能有多少呢，一两本而已。所以，出不出书，真是意思不大。我不存侥幸心理，也不奢望流芳百世，我编自己的书，只对自己负责。把自己写过的东西收集起来，不至于散乱，并尽量看得下去，仅此而已。

天　气

这几天，虽然还在中伏天里，石家庄的白天气温三十四摄氏度，但空气湿度不大，天气晴爽，给人一种秋天的感觉。老婆说，她一看到这种天气，心里就有一丝说不出的感伤，非常凄凉。像她这种闲不住的女人，整天忙里忙外，有做不完的家务，也会生出这种感觉，可以想象古代那些闺中女子，在帘卷西风的时节，该有怎样排遣不掉的忧伤。

随着年龄的增长，我已经很久没有伤感了。世事匆匆，我对季节的变换早已麻木，丧失了那种细微的生命感受力。可能是我长期居住在城里，远离了春种秋收，对季节已经不太敏感，另外也是粗心所致。一个大男人，有许多事情要做，哪有时间坐在窗前悲天悯人，感时伤怀？

但我三十岁以前却不是这样。我的老家在燕山东麓的青龙县，地处塞外山区，季节分明，昼夜温差明显。过了立秋，天气立刻变得凉爽。尤其是到了晚秋时节，白霜遍地，落叶飘零，一派萧条景象。只要你是个人，你就会触景生悲，感觉出世界的苍凉。我出生于这样的山区，并在那里度过了童年和一部分青年时光。我记得小时候，每到晚秋，庄稼收割完了，孩子们成群结队上山割柴，到了山顶，你就会看见连绵起伏的山川和天高云淡的博大气象。但那时我们不是欣赏这些景象，而是想象那些遥远的群山外面，会是什么样子。那时我的小伙伴们谁也没有到过远方。

可悲的是，刚才我形容家乡的时候，不自觉地使用了"那里"一词。可见，我已经把家乡当作了别处。从我现在的居住地来说，我的家乡确实是在远处了，为了准确表述，我只能使用"那里"这个词。而在心理上，家乡依然是家乡，那里的一草一木，那里的村庄和熟人，那里的风土人情，已经构成了我生命的深层背景。近些年，我很少回老家，每次回去都听到一些人过世的消息，村子里，我认识的人越来越少；同样，认识我的人也少了，我走在家乡的街道上，年轻的后生们和近三十年来嫁到这里的媳妇，都不认识我，我确实被人当成了外人。一想到这些，我倒感觉出真正的伤感。如今，随着感觉的迟钝，时间的打击已经不能给我造成心理伤害；可是回到老家后，看到那些新增的坟头和不断出生的孩子，我的心却突然感到了一种说不出的凄凉。

　　如果把人的一生也分出季节，我离秋天还远。我现在顶多是夏天，在中伏，天气炎热，只是在后半夜偶尔才能感觉出一丁点儿凉意。按节令，今天是中伏的第二十天，明天进入最热的三伏，而今年的立秋是8月8号。我知道，真正的秋天还远未到来。我所说的秋天，是以我的家乡为标准的，其景象是：云淡风轻，万木萧疏，窗户漏风的乡村小学里传出孩子们的齐声朗读："天气凉了，一片片黄叶从树上落下来。一群大雁往南飞，一会儿排成个人字，一会儿排成个一字。啊，秋天来了！"

炎　　热

　　诗人陈超有一首诗的名字叫《正午，嗡嗡作响的光斑》，可见他对正午的晴热有着深切的感受。夏日正午，阳光过于明亮，甚至炫目，这时你无遮无拦地走在太阳底下，再加上远处知了的叫声，你的脑袋会嗡嗡作响。由于太亮，你会眼前一阵昏黑，但不是天上飘来了云彩，而是要中暑。

　　石家庄的某些街道就是这样。路上不是没有树，而是拓宽街道时，把原来的大树挖走了，新栽的小树根部直径不过十厘米，树荫遮不住一个人，而且树与树的间距非常大，你在路上很少看见树荫。女儿上初中那几年，中午放学和下午上学就走在这样的街道上，因而她对夏天的印象是：亮得让人发昏的阳光，空旷的马路，路上没有几个行人。是的，这样的正午谁还走在街上？除了学生，就是必须赶路的人。前几年气温达到过四十摄氏度，柏油路面被晒得快要融化了，骑自行车走在上面，有一种软乎乎的感觉，路面上留下深浅不一的压痕。如果骑自行车的是个胖子，你会看见路上有很深的车轮痕迹。

我的夏天印象，还是小时候留下的农村景象——梦一样的村庄，恍惚走动的人们，明亮的空气，小河里捉鱼的孩子。就这些。我对夏天的印象就这些。别的都忘记了。或者说，像一场反复出现的梦，总是陷在同一场景里，既不虚假也不真实，有些迷离，有些恍惚，我形容得不太准确。城市的正午没有在我的心里留下印记。我说的城市，专指石家庄，因为我没有在别的城市长期居住过。

今天的正午就是一个晴热的天气，阳光明亮，但不闷热，空气中偶尔刮过一丝凉风。这时人们大都待在屋里，到了晚上才活跃起来。我的楼下空地上，有几个下象棋的人，一般都要下到夜里一两点。他们砸棋子的声音非常脆响，但说话声并不大。好在这时我一般还没有睡觉，对我影响不大。有时太晚了，偶尔会出来一个女的，可能是邻居，也可能是家人，劝他们回去睡觉，但他们却很不情愿。在石家庄生活，必须充分地利用夜晚，所以，我非常理解他们。

躲过了七八月，石家庄的日子就好过了。这个地方有一个好处，冬天不太冷，就是最冷的三九天，夜里最低气温一般也不会超过零下十摄氏度，白天如果有太阳，会有暖洋洋的感觉。

两 个 故 事

昨天看电视节目，一个讲基金投资的人，讲了一个故事，说：赵本山在路上遇见了一个正在哭的老太太，问她为什么哭，老太太说她丢了一百元钱。赵本山随即掏出一百元送给了她，劝她别哭了。老太太接过钱后，反而大哭起来，赵本山奇怪地问，怎么还哭呢？老太太说，我要是不丢那一百元，现在不就有两百元了吗？

还有一个故事，是我的朋友张宾讲给我的，说：美国篮球巨星乔丹走在街上，一个男人截住他说，我的女儿病了，急需要钱治病，可我的钱又不够，你能送给我五千美元吗？乔丹毫不犹豫地掏出五千美元送给了这个需要帮助的人。当这个人走后，一个知情者上来告诉乔丹，刚才跟你要钱的那个人的女儿根本没有病，你受骗了。乔丹听后不但没有气愤，反而非常高兴，说没有病就太好了，这个世界上又少了一个痛苦的人。

一个是得到了钱而更加哭泣，一个是被骗了钱反而心中释然。这两个故事背后的东西值得我们深思。

我自己的故事

2006年，我从上海虹桥机场乘坐出租车去周庄，到了周庄后，车上计费表上显示的数字是二百四十元。我掏出三张百元票递给司机，他接过钱后找给我六十元零钱，然后我下车去车尾后备厢里拿东西。这时，司机拿着两张百元票说，您刚才给我的钱，有两张有问题，请您给换一下。我不假思索地接过钱，给他换了两张。当时没有多想，因为我带的钱都是刚从银行取出来的，不可能有假钱。车走后，我越想越不对，怎么会有问题呢？我掏出那两张纸币，在太阳下细看，果然不对，确实是假币，这时我才知道是司机做了手脚。

这两张假币就放在我的家里，永远保存了。我不能拿着假币再去骗别人。留着它有两点好处，一是让我知道什么样的钱是假币；二是以后付钱时，请对方当面确认。

2007年8月14日

第二辑　倾听天籁

海边的槐花

　　5月已至，秦皇岛海滨又是槐花飘香的时节。清凉的海风越过沙滩吹向树林，带着爽人的芳香。而当夜幕降临，海浪停息了喧嚣，风也栖止在树上，静谧宜人的海滨只有月光在流动。月光照着槐花，朦胧中满树洁白，仿佛刚刚下过一场大雪。花香飘在空中，似乎触手可及。

　　对于大海和花香围拢的秦皇岛人，似乎无暇欣赏这些美景，他们忙于劳作，要用玻璃和海水建造一座透明的城，以接纳阳光和雨水。

　　这种创造的热情冲击着渤海滩上的人们，一种忘我的精神使他们处在不断的激动之中，只在花开扑面时人们才恍然感到，日月轮回，不觉又是春深似海了。这时在阳光或午夜的星辉下，就是藏进地里的人，也能感到花瓣从树干涌向枝头那纯洁的冲动。在有风的夜晚，你有可能听到花神降临的声音，而沿海一带灯火辉煌的城市会超出你的预想，一直连绵到星空，让你感觉望见了空中的街市。

在这里，东方神话并没有创造出司花的女神，却将帝女化作了填海的精卫鸟。那是从绝望中生发的英雄意志，蔑视强大和永恒，怀着对死亡的仇恨和对徒劳的彻底否定进行着万古的工程。正如人类的雄心必将被大地所高举，精卫鸟那永不服输的灵魂已经获得了胜利。在它衔积木石的东海岸，人类高大的城郭矗立已久，繁花簇拥。

今日，在花香可人的秦皇岛海滨，我为大自然的造化和人们的创造激情所感动。这是浩大春天对人心的召唤。神话退去，花朵簇拥在柔软的沙滩上。精卫鸟在海上飞翔，它微弱的努力定会征服大海。

正如自然中的一切都在变化中，春天虽好，但也要老去。花也要落的。

风吹在花上，美将销损。时间断然宣示它对万物的绝对征服，那不可知的力量在摧毁一切，让世界在不断的消逝与再创中获得平衡。一如这5月的花期，涌上枝头，又雾一般散去。待这浩瀚的繁花凋零殆尽，那挡住了尘土和风暴，使春天永恒轮回的，可是这如期而来的芳香和花魂？这世上，正是人在自然的进展中失去了太多可贵的东西，才使我们对美的爱戴和护卫成为天理。即使一颗疲惫的心在大海边倦于春天，也绝不会被花朵所伤害，何况槐花又是那样的洁白。

这时我感到很多遥远的东西，正在青春的光华里苏醒，触及了我的灵魂。人终要在某一时刻顿然领悟，大地原初的一切，让你与万物融于一体，互为因果而绵延不绝，是怎样良苦的用心。如果你感到重现的花期十分遥远和陌生，说明我们已太久地背弃了生命互依的自然法则。如是，纵有千般造化，人类也终将在荒凉、贫穷和孤独中死去。这不是大地的初衷。

　　大地不仅让花朵一再开放，而且还要让它结出累累的果实。

1992年春末

海 边 随 想

　　渤海湾金黄色的沙滩是梦想和神话之所，与城市中的繁乱、拥挤相比，这里看上去荒凉的大海倒是能使我们感到回首自然的亲切和难得的旷达与静谧。从精卫鸟那古老的悲剧开始，人类已不再把大海作为心灵的边疆，征服者一再出现，大海成为人类永恒的对手，一如热血撞击着生命的悬崖而永不止息。

　　东方神话赋予大海的神性是激情而不是理智。作为永远的囚徒，海浪对极限的每一次冲击都必然失败，而那愤怒的道路却永远指向胜利。这也是复仇之神从大海获得的启示——精卫鸟衔积木石以填沧海。这徒劳本身就是自我意志的绝对树立。不同之处在于，大海是自由对约束的反叛，而精卫鸟只报复死亡的仇恨，如果这同样也是帝国文化的必然结果，那么它对原始暴力的征服将上升为一个民族的悲剧。

　　神话从时间的高处退回昔日，个性事物的精神留存下来，使我对这苍茫的海洋充满敬意。多少年来，我们忙于活着，几乎淡忘了这神秘幽深的处所，这茫无际涯的动荡的荒原。自从亚当被逐出伊甸园，人类在渴望返回家园的途上却越走越远，陷入了永久的乡愁。这致命的一误必定使人类流离失所，而宗教所一再瞩望的终极曙光不过是一种集体的幻觉。因此我说，人类已经衰老了。当大海在月光下漂浮，我怀疑整个世界就是一场梦。

但我不能拒绝大海的诱惑，这种真实的魅力比生存之梦更迷离。每当夜晚降临，远近岸上灯塔长明，大海变得黑暗又低微，即使人们不需要先知和醒者，也能感知到大地的重量，比人类瘦弱的双肩担负得更多。在这巨大的压力和渴求解放的波涛面前，美和痛苦同时上岸，如果你不辜负真理，就应该赞颂和加入这种伟大的努力。

基于这种对美和力的理想，人类建立起自己崇高的信仰，同时也把神推向了精神之巅。从某种角度上讲，大海是从事着一种伟大的创造，即不断的死亡和更新。在对自然的不断超越中，大海一再推翻自己的命运。这种从近乎盲目和徒然的险境直抵永恒，从不可能中建立起来的伟大秩序，像一部启示录，横陈在大地的边缘，让我们视而不见。

其实，我们已经为自己愚蠢的行为付出了代价。我们疲惫、劳顿、纷争，已经不堪重负。对美和真的长期放逐导致了人类原初属性的一再退避，我们仿佛已经不是自然的一部分，而是自然的敌人。《圣经》上说："耶稣去死，承担了全人类的罪。"我认为，这是一种推卸和转嫁，心脏长在自己的胸腔里，谁也无力对人类的行为完全负责。

当我面对这黄昏的大海，落日依旧，波涛纵横，我们能够求得谁的原谅？海浪以外仍然是海浪，海浪之上是亘古的虚空，虚空之上仍然是虚空，看不到一点杂质。大海上干干净净，仿佛在等待着什么来临。在回首之际，我突然感到整座大陆像是谁丢下的遗址，而那人头攒动的市镇喧声一片，却正是人类心灵的荒原。

1993年4月30日

我 的 故 土

　　我的故乡在燕山深处，一个偏僻的山村。我二十岁以前一直没有离开过故乡。从祖坟上看，从我上溯十代，都没有离开过那片土地。因此，我真正的故乡是一片坟地，我的先人都聚集在那里。而在近万年的农耕时代里，究竟有多少人在那片土地上生活过，已经无法考据。他们早已化为泥土和草木，通过一代又一代人参与着生命的循环。那些构成我身体的基本元素，也构成了我的精神根源，使我走到了今天。

　　想写一写我的村庄，愿望已经很久，直到2008年初，我终于把我的故乡写进了小说里。现在想起来，我的故乡简直就是神的居所。尤其是我的童年时期，现代文明还没有进入那片深山区，稳定的农耕结构把人们牢牢地固定在土地上。人们依靠基因和传说进行着生命和文化的传承。在那些年代里，生活本身就是神话。我听到的，我看见的，我想象的，可能都不是生活的真相，但却构成了我对真实的向往。后来的事实证明，我越是想接近真实，得到的越是相反，因为总有一些东西让人们无法接近。于是，我把那些神秘的事物，那些笼罩命运的迷雾，转换成精神幻象，通过具体人物的生死，呈现出故乡的大致轮廓。这样的努力也许不能穿透历史，但至少激活了我个人的记忆，使我在有效的文字通道里，打开时间之门，回到以往的岁月。

《长歌》正是我的故乡的写照。在我的村庄里，时间是不存在的，只有日月在轮回，推动着万物的生死。时间变得模糊以后，生活很容易膨胀为梦幻。我的任务不是去澄清这些，而是顺水推舟，深入这种幻觉，直到与神直接通话。因此，《长歌》中的人物都是通灵的，他们中没有一个人被生活挤到外面，而是主动离开或被领走。生命的属性告诉我们，尘世无法离开，肉体只有沉入；而对故乡的深度沦陷使我意识到，那山川土地之中蕴藏着无穷的秘密，每深入一步都使我沉迷不已。

在此以前，我一直以诗心面对这个世界，当我第一次使用小说以后，我找到了另外一种理解世界的方式。我发现了自己的生命中，还有许多不曾进入的层面，需要一层层揭开。不管探索的路途有多远，故乡都是我回归和出发的地方。我的原始积累都在那里。忘记故乡是可惜的，也是可耻的。如今，当我偶尔回到故乡，看到许多人渐渐消逝，进入了泥土，我更愿意把"故乡"一词改为"故土"，以加深对于故人的理解和尊重。我认为，如果生活不是固态的，那么它就应该具有流动性和开放性，其中不仅包含生者，同时也应包含逝者和未生者，以及那些眷顾我们的神明。

正是这些想法，使我在故土上找到了那些渐渐远去的人们，把他们重新领回到世上，使他们有机会再一次重复自己的命运。说实话，我不愿意改写他们，如果《长歌》中有些过分的地方，那也不是我的错，是小说给了我虚构的权利，让我在有限的范围内夸大了事实。现在，让我不满意的是，我还不能全面、深刻地描写那片土地上的人们，他们生存的现状，生存的目的，他们的来路和去向。他们之中的我，为什么站在远方，心系故土，既不是外人，也不是原来的那个人。

2009年6月1日

众 神 居 所

众神需要安居，于是村庄出现了。出于农耕需要，人们依水而建的茅屋，把人牢牢地拴在土地上，并因此形成稳定的人群结构。最早生活在燕山东麓青龙河流域的先民们，已经进入神谱；而山河永在，介于草原和平原之间的燕山地区，至今依然是游牧和农耕的分野。

大地从来不亏待勤劳的人们。青龙人开荒拓土，生生不息，村庄已经遍布山野，人口达到了五十多万。如果把先人也统计在内，已经难以计数，他们隐居地下，血脉却在尘世和家族中流淌。正是由于先人的扎根和固守，故土才如此深厚，让人依恋。所谓乡愁，乃因根之所系。

在人类遗存中，村镇是有生命的活体，或生长或萎缩，都在为生存作证。从三五家茅屋到大片村庄，村镇的生长史充满了烟火味，其间人生明灭，来来往往，恍如烟云。村镇越老越神秘。当传说演化为图腾，青龙河就会变成一条青龙，人们也愿意把幻象作为原始的信仰，沉淀在村镇的记忆中，乃至成为地方性文化基因。以河流命名的青龙县尤其如此。

青龙县有着多民族交汇的文化形态。双山子，大巫岚，三星口，凤凰山……这些富有神性的地名，究竟蕴含着多少秘密？对于一个古老的村镇，岁月就是年轮，深厚的文化层会使那些统计学意义上的数字飘浮起来，而真正让人沉实并构成压迫的，是村镇的隐忍、兴衰、繁衍的历史。

我从小生活在乡村，我是幸运的。在我生活的岁月里，历史发生了弯曲，人类从农耕跨进工业时代并迅速转向了信息时代。这是一个重大的转型期。被农业和土地牢牢固定的人们被城市和工业所吸附，开始了流动。逐渐富足的人们把房屋建造得更加明亮而坚固，村镇因此而变化，有了新的样貌和格局。而那些垒在墙里的石头，脱落的墙角，越住越短的胡同，莫名的犬吠，子夜的哭声，翻身就忘记的梦幻……那些原始的气息和影像，已经转化为深远的背景，越来越朦胧，渐渐融化在乡风民俗中，构成传统的一部分。

青龙的地理环境得天独厚，境内群山连绵，物产丰富，气候宜人，南部长城紧锁着华北走廊要塞，而走廊外面几步远就是永不冻结的渤海湾，吞吐船只的港口向世界敞开。随着道路的通达和贸易的繁荣，村镇的慢生活正在加速，而青龙河并不急于流向大海，群山也安静如初，由于空气干净，夜晚的星空非常明丽，比城市上空的星星多出几倍，而且又大又亮。

生活在青龙的人是有福的。开篇我就说过，这里是神的居所，每一座山峰都已获得姓氏，每一个人都有可以追溯的源头。遍布于河流两岸和山湾的村落，正在不断地出现新人，而那些老去的人们并不离开，他们隐身于地下，获得了永久的居住权。那些由血缘和氏族构成的地下村落，露在地上的圆形屋顶并不高大，却有着清晰的层次和辈分。他们的住址是另一种形式的村镇，更加安宁和长久。

受邀做此文，是为《青龙县村镇志》序。

2017年5月27日

岁　月

　　在这个题目里，我将回忆已经消逝的时光，或是我生命的时间背景。从性格上说，我不是一个前倾的人，我一向对过往的事物怀着深深的恋情，因为那里包容着我经过的分分秒秒和曲折的轨迹。多年以后，当梦和现实再也难以区分，往事成为遥远飘忽的一丝隐痛，我真以为那就是人类共同的经历，通过我而倏然一现。但我总是找不到确切的言辞表达这些，这使我常常陷于无助的忧伤中，难以解脱。

　　在不断地对昔日的追踪中，诗歌帮助了我。我写下了大量的怀旧的诗篇，这些琐碎的瞬间的感受，构成了一个连续的序列，成为同一部诗。诗歌暴露了我的灵魂，同时也使我在匆忙的世上得到慰藉和安歇。我找到了高于生存的东西，并借着它塑造出自己的生命。因此，我常常以感恩的心情去仰望诗歌。它改变了我活命的道路，使我认识到与世间对应的辉煌的精神之城。在那里，多少星辰向王座上升，构成了自己的存在和价值体系，闪烁着古老而常新的光辉。而在凡俗的生活中，我又必须面对人类浩繁而微弱的灯盏和肉体中暗藏的阴影。

更多的时候，我的时光消逝在无聊的琐事中，为生计而奔波劳碌。这样的日子千篇一律，记住了一天便是记住了全部，不值得回忆。日常中，需要面对和处理的事情太多，有时容不得考虑，一天就飞逝而过，一年就成了往年。人们在时光里慢慢地老去，孩子成了大人，老人成了泥土，曾经很熟的人，你在世上再也找不到他的影子。我真切地感到许多东西在消失，包括我对事物的敏感和激情。我甚至已写不出激动的诗篇，而是平静地沉浸在经验中，坦然地面对一切，任凭事物在自然中裸现它的本质。我知道我的诗歌在衰老，同时也默认了命运。

对于一个人来说，岁月的增加等于他的时间在减少。因此，我逐渐理解了老人们为什么珍惜残余的光阴，并变得豁达而释然。老人有足够的资格进入大地，成为永恒的一部分。但平时我很少和老人交往，我敬畏他们平静而高耸的年龄。他们是善于回忆的人。与老人相比，我还没有具备宽大的视野，用来回忆过往的岁月。活到现在我才知道，我是肤浅的，我借居的肉体早已有人住过，我说出的真理早已有人说过。岁月给我不多的时光，我的成就极其有限。我还没有能力展望一切。多少年来，能够看透今世者，成了半神，洞穿古今和未来者，已被尊为大师，而我只能作为人，沉浸在消逝的岁月中。

我说自己是个后退的人，不仅仅是指沉思和回忆。在现实生活中，我已经失去了进取心，对许多事物变得淡漠，放弃了对名利的追逐。我是慢慢觉出这些变化的。岁月改变一个人的心情，总是不易察觉，就像世上死了那么多人，我们依然觉得人世喧嚣，时间在大地上盘桓，看不出有什么伤逝的痕迹。这些内在的变化一天天积累，心头落满了灰尘，直到有一天把人悄悄覆盖住。这样的事情迫近着每个人。为了回避这些，我找到了一条通往过去的道路。像在图书馆里埋头读一本旧书，我被以往的故事所带动，加入并重温了旧日的生活。有一段时间，我既不能写作，也不能读书，而是一味地回忆，并一遍遍假设往事的因果，试图改变通往今天的道路。但这是徒劳的，岁月就这么定了，我必须而且只能是今天这样，已没有机会重新选择。

现在想来，我所走过的道路大多是对的，值得后悔的事情为数极少，这也是我乐于回忆的原因之一。我最值得庆幸的是，今生能与诗相遇并深深结缘。但我不是诗歌的天才，我是个笨人。如果说有人是专为诗而生的，他带着使命为人类工作；我则是在中途遇见了诗，并和它结伴同行。我没有写出大作的天赋和能力，只是记事抒情而已，但这已经足使我今生满足。在漫长的回忆中，是诗使我骄傲，同时也使我真正体验到人类彻骨的悲伤。借着这些，我有充分的理由在往昔中重活无数次。时间不能给予的，我另辟一条大道延长自己的生命。在无限高渺的精神空间里，我知道什么在上升。如果世界突然黑下来，我就把诗神请到世上，迫使他发光。我这样说，许多人是无法理解的，因为我是个痴人，常常生活在梦里，而一个聪明的人，他必须面对现实，为生存而努力。

我躲开了纷争。记得有多年时间，我厌倦甚至仇视那种纷争生活。我的回忆常常绕过那些年代，而回到更遥远模糊的岁月——我在乡村的童年。我将在今后一一细述那些故事。正是那些经历构成了我性格的框架。我要感谢我那古朴贫穷的乡村。如果我早生五百年，我可能是第一代进入故乡的拓荒者，但是上帝弄错了我的日期，使我迟至1957年才向人间报到，而那时，我的村庄里已经有了很多人。我的父母都是农民，以种地为生，勤劳耕作。直到今天，我的家乡依然贫穷落后，石头和黄泥垒成的屋子，在不断地起落和更替，那里永远是我生命和诗歌的根基。

现在回到开头的话题。当我写下：岁月，我是茫然的。这个题目太大，我几乎不知从何说起。我只想讲述我生命中较为重要的部分，或是一种积年日久的对深厚岁月的感受。而有些感受一闪即逝，或隐隐约约，永远也无法说清。这正是我悲伤的原因。按我的年龄来说，我还没有资格回忆消失的岁月。凡在诗中无法表达的，我只能把它说出。一旦我偶然流露出有关未来的话语，也是无意的。请原谅，在这失语的年代，先知已哑，有时候，你必须站出来替他说话。

1995年5月27日

出　行

秋天正在撤离北国，冬天将至。树叶飘洒了一地，但还有许多留在枝头。远远看去，树林里遮蔽渐少，大地一下子空虚了许多，让人从内心深处涌起一种凄凉之情。

我在深秋的早晨散步，我把这散步视为一次出行。自然中的草木都生了根子，它们选择了泥土，定居已久。只有人类在大地上漂流、移动。这流离的群体确应主动造访、亲近自然中的一切。苍山已老，流水匆匆，我不出行谁出行？谁来倾听落叶的声响，谁来凝望流云飘逝后那空旷的苍穹？一年之劳，万物都已疲倦了，我的心也变得慵懒和困乏，因而命定我不能在人类的道路上走得更远。与自然中的草木枯荣一律，造物主给万物规定了大限，人亦在其中。我深知秋风过后那彻骨的悲凉，是怎样打击着人类的决心。在这命运面前，与其抵抗不如积极地投入，参与其运作，在伟大自然的律动里出演自己的一生。当激情从悲剧的高峰泻下，人生耸立着，我将一再选择精神的峰顶。

进一步说，人的出生何尝不是一次出行？我们被遣送到这世上，是何其唐突，无奈。我们相互遇见，摩擦，消隐，一刻不停地向时间的深渊滑去。大地上滚动着黑压压的头颅。大地上只有两个人——男和女，像弹性的大理石在人间走动。我是其中的一个，来到今天。我早已被命名。

时间已不知过去了多久，在人类集体幻觉的深处，多少人沉浸在梦中。梦也是一次出行。那是灵魂的自由。肉体的门窗大开，理性的枷锁脱落了，灵魂迈着大步四处游走。没有一条麻绳可以将灵魂捆住。我做过许多梦，现实中永无法做到的事情，在梦里实现了。那是另一种经历，是浪漫的，超现实的，非理性的。在梦里，谁也无法控制我。一个肉体怎能阻止灵魂的飞行？

基于灵魂对肉体的反抗，人类在渴求精神解放的路上已付出了巨大的牺牲，并把幻想从现实中救出，赋予它神性。从过程上说，思索是灵魂对世界的主动迎接和拥抱。思想出动了，尘世已无处退避，我们面临着真实的生存。从梦想到自觉的沉思，人类经过了漫长的蒙昧时代，像旭日在海底苏醒，当文明睁开双眼，我们必先望见自己的命运。

作为个体生命，一个人的出行不会太远。正如我在秋天，不，冬天就要来了，寒风从北地掠过来，夺走了树枝上一年的积蓄，又把它们一一抛弃掉。寒风闯下了雪山，树叶离开了枝头，我离开了谁？在城市一角，我看见大道上汽车嘶鸣而过，它们卷起的尘土在空中飘着，漫过寒凉的树林和一片灰蒙蒙的厂区，而时间穿过这巨大的城市，一尘不染，比眼底的泪水还要平静。

1994年11月12日

倾听天籁

这是任意年代中的秋夜，星星又大又亮，仿佛尘世间次第亮起的灯盏，无限神秘、深邃。来自天堂的钟声从上帝那里倾泻下来，穿过静谧的村庄和树林，又带着苍生的梦幻倏忽远去，让人觉得是那么幽冥、高逸、扑朔迷离。我难得从表面事物的喧嚣中脱出身来，随便走在哪一条路上，披服着无边的夜色，在万籁俱寂中感悟着弱小生命与博大世界的交融。已然很久了，我企盼一丝轻松与舒展，哪怕是获得瞬间的净化和宁息，也是对身心的一种慰藉啊！

但是人类，这梦一样的生命之旅，漫流在大地上，从远处来，到远处去，不可逆向，总是那么匆匆忙忙，甚至来不及静下心来瞻念一下渺远的途程。说不清是遵从着谁的预约，如此固执、疲惫而又繁复不息。有时我想，人，也许根本就是偶然造成的生命界的一个大错，是盲从、漫无目的、无可回归的一片浪上漂萍。就像这秋风过夜，实在又虚渺，我们可以感叹它撕下的片片落叶，却无法究其根源和把握它变换的轨迹。人就是这样过来了数不清的年头，一代人过去了，一代人跟着又来。在已经的路上，我们的前面全是渐次倾覆的脊背，没有一个人能够转过身来，告诉我们未经岁月的衰荣。

而星星在上，它们目睹了尘土之上发生过的一切。它们在缓慢的运转中建立起秩序，并以持久的光辉君临万物。这些光芒的巨子，沉稳、自为，带着原初的神性恒常悬浮，却秘而不宣，永远缄默了对于人类的言辞。

今夜，天上没有一丝云，星星就在头顶上，好像离我近了许多。秋风挟着叶瓣飘落在溪水之湄，更显得寒凉、寂寥和怅惘。村庄的灯火一一熄灭了，劳累的人们开始进入梦乡。我不知道，还有哪一位亲人在辗转反侧，望着窗外的繁星陷入茫然之中，久久不能安眠。如是，你是为生存的负荷和烦恼所困，还是为短暂的悲欢感叹不已？乡亲啊，此夜是多么高深，你的想法飘弥不到尽头。你必须回复你的自身中。其实，世间的一切不全是人的过错。你走过的路就是你的命运。你不能像星星那样远距离地审视我们处身之所的起址和归宿，也无法像秋风一样在瞬息扫过人类的故居，把先祖们沉重的喘息轻轻带走。你是刚刚到来又很快就会消失的一个平凡的生命个体，终会在某一时刻歇息下来。就像此时的我，绝不会在百年之后再次走在这落叶飘零的路上。

有如星星离家已远。

有如秋风行色匆匆。

没有更多的选择。在唯一的路上，除了走下去，还是走下去，既是宿命也是责任。我们没有权利卸下注定要接传的担子。我们停不住脚。时间像雾一样弥漫着，折断我们的视线。我们每一步都走在生命的边缘上，又似乎永无尽期。我们必须肩负起使命，背对着后世的目光，一意孤行，即使前面是多么漫长而又毫无意义。没有更多的选择。

这是任意年代中的一个秋夜，或者就叫今夜。我履行着生命流浪的无奈的契约，不着边际地走着，没有一个伴侣倾听我脚步空寥的回声。也许在那闪烁的星辰中，会有智性的知音在期许中兀然出现，奇迹般地驱尽我亘古的孤独？

秋风过夜。秋风来自回旋的星辰。这世间，谁能以这永恒的呼吸，把我稍纵即逝的遐思播向远方？谁能在冥冥之中以神明的言语回应我心灵的呼唤？谁能告诉我，人为什么渴望孤寂又惧怕孤寂，想望轻松又依持重负，企盼恒久又一步步走向死亡。这众多的困惑压在人类的心上，难道是生命属性所无法摆脱的致命的弱点？

人俱已入梦了。这秋夜里，没有谁回答我。只有万古不眠的星宿和风声，亦动亦静，不知疲倦地浮在空中，暗喻着时间的走向和生命的意志，让我不停地前进。

此刻，来自天宇中各个方位的光芒，照耀在地球的表面。我们在这天赐的福禄中生活了多年，感到光的重要和美好。正是那些明亮的东西永不休止地投射到大地上，给予了生命产生和繁衍的必要条件，并把世间的一切都映现出来，什么也不能隐蔽住。

光啊，如此普天彻地地包抄过来，除了照耀天体，究竟还有什么更深的目的？是谁派遣你们从故园出发而永远不再返回？这样源源不断的发散究竟是挥霍还是施与？是炫耀？是自焚？是不甘寂寞的一种价值的实现？或者就是燃烧，根本不为什么？

我们无法想象，没有光的宇宙将是何等的黑暗。设若星星们还没有出生，或是全已死去，天宇中空无一物，或是飘浮着散漫的、巨大的尘团，到处是物质的灰烬和坍塌的黑洞，没有一丝光，无限的空间一片黑暗。但是不！光芒照耀了空间。太阳，比太阳亮无数倍的已知的、未知的星体数不胜数，它们的光芒照亮了空间！光芒中地球旋转，人类产生，并在缓慢的进展中活过了不少的光阴。

现在，轮到我在尘世的表层活动，被这些远来的光芒所眩惑。我在太平洋西岸的土地上写着这篇文字，时值公元1991年5月5日正午，这里的春天还没有过去，渤海湾蓝色的波浪宁静安闲，来自天空的光芒透过海边槐林洒在松软的沙滩上，异常鲜亮。软风徐来，暖中带着清凉。我在寂静中漫步，被光芒所簇拥。光啊，照耀吧，多少年了，我幻想涉足这黄金的沙滩，如今一切都是真实的，太阳在上，岸在身边，远处的船只在前进。空气无比透明，大海上阳光有如金盏菊，一片片向着天空绽放。

这是在白天，如果大地悄悄地翻过身去，夜晚覆盖住众多的河流和村庄，我看到人类的灯盏一点点闪亮。那些抵抗黑夜的光点多么小，和远天的星星混在一起，让你无法分辨哪些是遥远的事物，哪些是人间的梦幻。但我惊异，人类短浅的目光，在伸手不见五指的夜里，何以能够望见太远的星辰？如是星光自己走到此处，这远的路程，怕也是疲惫不堪了。光啊，那就暂时歇一下吧，这智性的生命群落，绝不拒绝任何闪烁的花束，哪怕是瞬间的一耀，都是多么可贵啊。

我知道过不多久，白昼就要转向另一面，夕阳将从大海上落下，海岸将在夜里变得更清凉。而现在正是白昼，太阳的光淹没了一切，它漫天而下的气势使所有阴暗的东西纷纷退避。这是多么好的时辰，谁辜负了光芒谁将终生遗憾。今天我要在阳光照耀的沙滩上写下最辉煌的诗句，为光芒的降临而祝福。

光芒，我为你伸出了双手，我接住了众星的恩情。我感到内心在胸膛里发亮。这时候呼喊也是透明的，没有一丝阴影，天空中除了光和飞翔的声音，只有空冥无底的瓦蓝色。

而就在那些光芒的源头，还藏匿着多少秘密啊。在众多的发现之后，据说人类又发现了一个距地球一百二十亿光年的比太阳亮一千万亿倍的类星体。也就是说，经过了一百二十亿年的时间，这颗星所发出的光才传到我们所在的星球。想想吧，这是多么伟大而漫长的历程，多么执着的行进。那光芒的巨大的穿透力还将越过多少黑暗的天区，辉映更远处的星辰！我们已无法想象那光芒的亮度和它持久的生命。与那光芒相比，微渺短促的人类是多么不值一提。

但是人类存在着。目睹了这奥妙天体的一部分，依赖光芒，人类还将活下去，并揭开宇宙中更多的秘密。

至此，我该回去了。太阳已经偏移，树影转动，不用抬头，我已知道光芒已然铺满海面。是啊，这样的好天气，该在阳光下走走，何况大海是这样近，天又是如此高远，光芒就在我们身上。我愿星辰不灭，永远辉耀人间。

而人间俱在一场大梦中。过不了多久，现世的人群都将退下去，成为尘土的一部分。而孩子们仍在出生，世事变迁，总是潜在幕后的人从深处纷纷走上生命的前沿，以危险的步子领着人类匆匆旅行。这支远足的队伍浩浩荡荡，我看到恍恍惚惚的脑袋一颗颗漂流在大地上，像梦中升起的气泡，那么脆弱，真实，又扑朔迷离。

这是一群迷途已久的生灵之旅。偶然的造化使我们繁衍在无依无靠的星辰上，四外是浩繁的星云和茫茫的时间。在那遥远悬浮的尘埃上，谁是我们共同穿越现世的知己？谁能为来路不明的人类指点去处？生命本身就是一场梦，谁也无法超越自身而在醒来的时刻描绘人间大梦的全貌。也许某一天我们的栖身之地猝然碎为粉尘，人类全部的文明，并不能阻止宇宙的膨胀和塌陷，也不能挽救自身的命运。我们都是随意派生的小生灵，上苍的一个轻轻的指痕就能让我们消失殆尽。

但是人类仍然提着自己的灯盏，向前走着。

人不能不走下去，就像流水身临悬崖不能不跳下去一样。时间的巨手推搡着我们，水也无法回头。一代代人就这么过去了，谁见到前人醒来告诉我们那久远历程的艰辛？谁敢站住大喝一声，让生命的洪流止步不前？没有人。谁也无力从梦中走出来，抵达另一种真实。死不能，生不能，未来者也不能。因为死已深入梦中；生者陷于现世之劳，是梦的在场者；而未生者被我们所携带，他们将在该来的时候来，该去的时候去。他们是深藏不露的杀手，所有前人都在他们眼中依次倒毙，像浪潮一样直抵人类厚重的背景。他们眼看着梦的大幕从命中徐徐降落，却无法回避。而现在，他们还没有到来。

　　我们已来了这么久。在世俗的风雨中，心情日益显得老了。人们啊，我们为了死而经历生，为了生而终日忙碌，究竟遵从着谁的旨意？谁在冥冥之中操纵着人类的走向？谁变幻着形态，穿过一路亲人在今天如履薄冰般地行走？千万年后的哪个人是我自己？我又是谁？谁是谁？谁孑然一身地降临人世，只带来了哭声和必死的信息，又什么也不能带走？梦啊，生生灭灭的人们所经历过的日子已然那样虚渺了，这一刻既已过去，就永不可追回，像烟云一样越飘越远了，只有梦更真实地把我们铺展在无边的大地上，让我们活着，并且从来不知道此身处在何地，为什么要来，又在哪一刻无声地离去。

　　这一切，没有人来回答。而我们仍然有滋有味地活着，爱着，恨着，劳作，生育，用短浅的目光望着身外之物，任凭瞬间与永恒交织着不解的漩流，一次次刷新尘世的生命线。我们只为一些具体的小事而奔波愁苦。我们比蚂蚁稍大一些，形体不同，但却做着同一的梦。一切生命体都是世间的过客，只是存在的方式不同而已。人没有必要狂妄，也不必悲哀。既然造化成就了我们，就得活下去，顽强地支配短暂的时光，一步步走向未知的领地，后面跟着连绵不断的子孙。这是一次亘古不绝的漂流，没有源头，也没有岸，永远也达不到极点。

就这样，星辰负载着我们在空中悬飞，放射着蓝宝石般的光芒。看吧，一颗流星向时空的深渊无限期地下沉着，是谁抛弃了它，而又让它沉不到尽头？我们会不会有这样的遭际，穿过众多的星系，带着绝望的恐惧消失在无底的黑暗中？我们会不会在永远的悬浮中与陌生的朋友交臂而过，却无法诉说致命的弱点和久远的孤独？

大梦无期。我们总是处在梦的过程中。梦中之物分不清真伪，梦中之言概不可信。正如你不是全部的你，我也并非真我，我只是我行进过程中的一个连续的影子，你看我是多么恍惚不清。也许我将在最后的时刻，站在梦的断裂处，漫不经心地扫视历史，感叹生命的真切和渺茫。那将是怎样一种心情，那将是怎样一种境地。

让我们像回家一样，走向尘土。普通的尘土。

现在，我们必须正视这生命的原本和指归，深究它的根底。因为世间只有这种最沉默、富有的物质，一声不响地左右着我们，它高出一切造物命中的大限。尘土派生万物任其放纵，又在终极的时刻收容所有，它自身的存在就是一切最高的全部的意义。

当万众浮生像流水匆匆退去，时光依旧辗转在今人的尘器中。土啊，你这缄默和等待的家，源头和归宿，已经很久了，我逃避你又一步步走向你，我无法抗拒这与生俱来的巨大诱惑，终要与你结缘并融为一体。这世间，还有哪一种至亲能有如此的引力将我们纳入永恒的交融中？

看吧，大地上的花朵多么美丽，枝叶多么繁茂，那无限的生机都是尘土所给予。那强健运动着的生命，那灿如繁花的少女，都是尘土所给予。谁能拒绝尘土的赐予和索要？谁能脱离这最初和最后的栖所？没有谁。万物源于尘土，它是最真实的存在。当大地上的生命梦幻般生生灭灭，只有尘土沉积着，它经历了以往全部的过程，并以无极的限度收留着一切。它只以存在宣谕存在，不做更多的解释。

尘土，这生命的根基和灰烬，骨头的种植园，不仅以蕴涵的生机催发万物，同样以死亡的压力反促创造的动因。它时刻提醒着我们，死亡并不遥远，个体生命所能创造的时光极其短促，你必须努力发挥其能，更多地贡献于生命的文明进程。一旦尘土以超然的力量覆盖住你，个性就会瞬间消失，你不再有能力主宰自己，你即为尘土的一部分。众多的生命就这样走进了万古不喧的尘土中，而世上依然人声鼎沸，生命交替不息。从那尘土之上迎风摇摆的青草，你是否感悟到了先人们坚韧而隐秘的愿望？

无所不包的尘土，让我怎样感谢你给我此生的机缘，并以米谷养育我一步步走到今天？我还要到岁月的深处去。我知道，一度秋风就能将我的行迹轻轻抹去，只有你能够把我牢牢地记住，永远也不会松开。这是多么宽怀而又残酷的伟大原则啊。

　　现在让我们放开眼光，再看看身外那些遥远的星辰吧。那些构成玄秘天体的集合物，莫不都是如此的尘埃？它们在缓慢的演化中悬浮着，谁能把它们一一收拢，或是吹拂得更远些？你不能想象，那些星辰是怎样从内心放出经久的光芒，有如不灭的灯盏，照耀我们在此处的大地上做生命之旅的永世漂流。

　　那些星辰就是尘土？它们在天宇中旋飞，巨大，高傲，永不沉下来。而我们脚下沉默着的负载着我们在空中旋飞的也就是尘土？它们生于何时何处？我们会死去，而尘土为什么永不消灭？那些无儿无女的孤独的星辰啊，是多么固执、冷僻，最坚硬的时间和空间也无法使它们即刻屈服。

　　这就是真实的尘土，我们生命所依的细碎的物质，没有丝毫的特别。它们团结一致，与浩渺的星辰一起，共同参与着宇宙的演化，并在其自身的规律中主宰着众多生物的存亡。一切要来的它都派来，一切要去的它都索去。尘土只埋覆生命的根子，却放逐我们的灵魂，让我们在旷世的风中永远挣扎和企盼，总也走不到尽头。

　　尽管如此，我们依然执着地生存着，在沉土上种植繁花和五谷，等待秋天越过我们低垂的头颅。等到青苗和孩子大片地涌到我们的胸前，土啊，翻上我们平凡的头顶吧，除了此身，我们还有什么能报偿你无边的恩情？我们是你的儿女，我们变幻形态自古不息地来到今天，是为了守护和装点你的繁荣和美丽，还是有什么更深在的目的，现在还不愿说出来？

只有尘土，一直站在我们的前头，它深知万物的去处；

也只有尘土，一直目送我们远去，它看着我们渐次倾覆的脊背如大潮般退落，出于爱护，把那些遗落的疲惫的生灵一个个安顿下来。

尘土就是一切。它是所有物质的最终的显现形式。就连火和光——那灵动跳荡的虚在，也是尘土的一部分。我亲眼见到尘土从水中提取火苗，一丝丝输送到树木的经脉中。我也见过大火从木头的内部走出来，那藏匿已久的光焰照亮了森林和夜空。那是尘土向万物索要它的灰烬，把木头的灵魂送向天空。你不能想象，那长久黑暗的尘土内部是怎样孕育出如此巨大的光芒，在突然释放的刹那间令人惊愕，就连天上的星星也要为之战栗！

一切就是尘土。它以极大的耐心等候万物还原。但尘土也并不永久沉默，当它以无法抵御的力量震荡起来，一切都将在恐惧中抖动，高大的建筑也在瞬间夷为废墟。尘土塑成的东西，它也会一下子无情地毁坏掉。

尘土。

尘土。世间的一切啊，此刻，我还能有什么可说。我们穷其言辞也无法表述尘土的内涵。它是自在之物可以粉碎，但不能被消灭。作为生命个体，终有一天我将在尘土中安歇下来，那时，会有一只细小的手把我心灵的门打开，告诉我全部的秘密。

在母亲般的关怀中，无论浮生或遁世，我都感到亲近尘土的安泰和幸福。尘土慈祥地铺陈着，永远以博大的怀抱接纳任何造物，无论父和子，草和木，以及虫豸们卑微的子孙。

从尘土和梦，从光芒和风，从上升和下沉的一切，我知道是什么在领导我前进，并一再遇到辉煌的言辞。

那是在通往灵魂的路上，或许是真实的生存中，我看到梦中的人类上空，一片巨大的浮云飞向天堂，遥远的星辰在风中翻转，光芒从至深处向我聚拢而大星在飞散。匆忙的尘世上，有多少人从地上沉进土里，智慧的明灯闪闪灭灭。什么样的心在这明灭浮沉中保持着经久的孤独，没有被消磨掉？什么样的困扰让我陷入更深的安静中，甚至能听到事物的核心在跳动？是诗？或者是别的什么？

好久以来，我不愿将这些诉诸文字，而宁愿在心里翻腾。我深信那痛苦的岩浆能冶炼出智性的黄金。在那燃烧的炼火中，语言飘浮过人类的头顶，我不仅望见了弥散的烟霞，也看见了燃剩的灰烬。我敲击着大地深处的铁，为梦中的浮云谱写翅膀。而这一切，我已经失去了言辞，无法诉说。

像一个哑巴，手捧着自己的心，在月光下赤裸着战栗。

我听到了天籁的声音，神和诗一起到来，把世纪的大门徐徐开启。

　　穿过大门，我将和语言一起上升，成为世界和人类之上至高的存在，并覆盖住一切。对此，我深信不疑。

　　　　　　　　　　1991年7月25日于秦皇岛

生命的价值

　　人需要在场的事物来确定自己的价值。一个孤立的人只能是一种客观存在。当你面对了整个世界和繁复不息的人群，你的生存坐标才有了对应的值。你不能脱离这个世界和生命群体。你的行为的每一个变化都留下了已然不变的轨迹。因为历史是凝固的事件，无法再假设和变更，未来又是不定型的，还有待于你如何去创造和经历。

　　我们所面对的，永远是现在，即这一刻。只有这一刻才是可把握的，真实的。如果你只生活在过去的哀伤或荣耀中，那么你肯定是颓废的，你无力面对现实；如果你寄希望于未来，你积极进取，乐观自信，这说明你在努力，还不等于成功。未来是什么？你说不清，你有可能成功，或许失败。你最终所面对的，仍然是如何完成这一刻。

　　时间就是这样等待着人们。时空限定了我们此生的行为和必然的走向。现在，由于认识论和技术上的局限，我们还没有找到亲身回复过去的通途，也无法从现在即刻抵达遥远的未来。我们注定了生活在今天，活着，并有人悄然地死去。整个人类的价值就是如何发展自己和改造生存环境。我们没有知音，还没有找到其他星球上的智慧生命。因此人类的进步和完善只能对自身而言，对于外界，没有参照系的孤立文明，也就没有更确定的时空价值。

因此我们只能小范围地考察人这种地球生物的文明进程。时至今日，地表之上已经流逝过不可记数的人群，人们共同参与了生命体系的演化，并在生存意识上表现出巨大的向心力和本能性。人类的文明进化体现着整体价值的不断实现。但我们没有一把尺子准确地衡量一个人的生存意义。我认为，个体价值的认定应在于他所在生物场的整体创造基点和他自我感觉的程度中。人的参照系不同，自我体悟程度不同，价值取向和绝对值也就不同。因此，我们必须考虑到生命的本能和价值的关系，并延伸为整个生物界的生存法则。比如一只蝉啜饮着露水；一只狼在撕咬着流血的兔子；一群野牛在荒原上迁徙；一位母亲哺育着她的孩子……这些暴力的、慈爱的、宿命的、本能的行为，无一不是在世界这个巨大的生物场中浮游着，挣扎，吞噬，死亡，生命群体和个体不惜各种手段，实现自己的目的。生物就是这样在进化中淘汰出弱者，而使优秀的物种出类拔萃。因此生命不仅在善中，也在恶中显现着它的进步价值。

现在，让我们抛开既有的价值观，深入到生命的本质中去，体会稍纵即逝的这一刻吧。我们掌握了现在，一切都是真实的，可感可触的。一切创造的机缘都属于你，一切光辉的胜景都对你开启了进入之门。你有无限多的可能性。但你不能拥有无限多的时间，你会在某一时刻永远地静止下去，走到生命的外边。因此珍惜现在，积极入世，才是人生的最佳取向。作为人类——万物之灵长，我们没有权利放弃自己。我们必须热爱生命和世界上现存的一切。

我们就是这样一步步走了过来。如果有人让我必须回答："什么是生命的最高价值？"我将坚定地认为：活着，并且创造。

1990年6月10日

人 的 一 生

生命对于个人，只有一次。一个人从生到死，大多不过百年，匆匆一世，可谓短暂。当人们天年已足，回首望去，恍惚间，一切都好似刚刚发生的事情，而实际经历时，却觉得十分漫长。我在一张贺年卡上见过这样几句话：

> 未来姗姗来迟
>
> 现在箭一般飞逝
>
> 过去永远静止不动

这是从人的不动的角度看待时间的。其实人也在运动。从时空的意义上说，人是宇宙的在场者，人目睹了物质世界变迁的一段过程。但所有生命都不是恒久的，人类也将在某一时刻死去。因此，热爱生命，热爱人生，是人的必然属性和责任，不可推卸。

我对人生的热爱之情源于生命的死亡意识。在我所经之年里，已经有很多人离开活生生的世界，深埋于地下，永远不再起来。他们曾经在地上走动、劳作、生育，他们呼吸着，血在体内流动，感受到真实的阳光和黑暗。他们生活过，后来一个个死去了，而我们还活着，尽可能地进行着消耗和创造。诗人翟永明有一句诗："我们终因诞生而死去"。生是一种机缘，死是生的极限。从生到死，构成了人生的全部过程。人不能选择生，也无法超越死。人既然必须经过生和死之间这段距离，就该积极地生活，珍惜生命赋予我们的唯一一次生存的权利。

通常，人们往往意识不到人生是多么美好。人们在地球的表面上生息着，季节更替不休，空气飘浮，星辰闪闪烁烁。我们很忙碌，走动，说话，做事情，与人之外的动物有着思维上的区别。人是幸运的造物，是时空拓展中偶然进化的一个奇迹。人生充满了奇幻瑰丽的色彩，只是我们不常想起这些，或者说被充斥于生活表层的事物所困扰，无暇静下心来体味人生的意义。

进一步说，人生是热烈繁复的，尽管带着危险、隔膜、疲惫等种种沉重的影子，我还是以为活在世上是很有意思的。一位生命垂危的病人曾经感叹道："再给我几年的时间，不，一年也行啊。"他非常留恋生存，希望多活几年，他还有许多事情要做。但是很遗憾，时间没有答复他的要求，无情地从活人的名册上把他抹掉了。他死后的世界上，依然市声喧嚣，有人在血光里出生，有人在哭声中谢世。人类向前迈动着脚步，不留恋，也不等待。就在这日夜兼程的人生之路上，有人默默地走着，为衣食而奔波，有人叱咤风云，留下了宏伟的业绩。微小也好，宏伟也罢，人生是一个巨大的生物场，只要你身在其中，就必须面对它，做出自己的抉择，留下生命的痕迹。面对已经走过无数先人的土地，有时真想停下脚步，常驻于世，经历所有的磨难，看看人类的未来是个什么样子。这只是想法，我知道这是不可能的。

如此看来，人确是世间的过客，属于人的只有人自己。因此功名利禄实为身外之物，不可以奢求。只要我们生活得放松、尽兴，无害于他人，并对整个生命界做出些贡献，就算有价值。任何倾轧、争斗、阴谋、伤害等利己伤人之为概不可取。我以为热爱人生就是热爱自己，热爱他人，乐观地生存于世，做些有益的事情。一个人的付出实在算不了什么，但若人人都这样做，世界岂不变得美好。

生命多么宝贵，人生多么宝贵。想起已逝和未生的人们，我更加怦然心动，对生活倍感亲切和热爱。因为在这个美丽的星球上，我以生命的形式真实地存在过。我没有做过什么惊天动地的大事，也不曾有损于他人，我爱过人类，努力地生活过，我无愧于自己。如果说宇宙间还有什么更高级的生命形式和住址任我选择，我依然固执地选择：人，生养我的土地。

1989年10月24日

时间的尺度

在人类的生存现实中，有一个最大的幻觉，即时间幻觉。它充斥在所有的事物中，又让人视而不见。我们只能感受到时间的流逝，却无法积蓄或挽留它。以人类的思维去推测宇宙的奥秘，还有很多费解之处，需要我们长期而深入的探究。

爱因斯坦认为，时间与空间是一体的，时空呈非线性轨迹运作，即时空是弯曲的，并有两种可能的存在形式。一种是正曲率弯曲，时空的运动轨迹闭合；一种是负曲率弯曲，时空成双曲面状无限开放，没有终极。因此宇宙时空可能有两种归宿。一种可能是：设若宇宙创生的一瞬为初始时间，那么在闭合宇宙场中，物质的终极将回复到初始的时空原点，在这一点上，时间将回复为零。同理可证，在宇宙球形场边缘的任意点上，时间的绝对值都等于零，在此种情况下，宇宙有限而无界。另一种可能是：宇宙时空呈散射状，即从初始运行起，宇宙时空永无法回复到原初的点，物在悬浮中永世漂流。在这种情况下，时空无止境，宇宙有界而无限。

根据爱因斯坦的理论，在时间与空间的一体化运行中，时间是一个可以伸缩的量，其尺度的变化决定于物质在空间中的运动速度。但时间能否出现负值？如果时间呈单向运行，没有可逆性，那么在宇宙中，是时间在流逝，物质在时空中浮动，自身不具备消失性。那么，已经逝去的事物去向了何处？反之，如果时间和物质都有消失性，久之，物会不会消失殆尽，而使时空成为无物的场，甚至在惯性下出现负物质，造成时空塌陷，出现负时空？这种负时空与正时空关系如何？如果宇宙是由物质时空和负物质时空组成，负时空以什么形式存在？可否假定，物质与负物质都是一种先在，在特定的条件下相互碰撞和抵消，并爆发出巨大的能量，成为宇宙的第一推动者？在宇宙创生以后，物质和负物质在高速运行时相互抵消，形同乌有，成为与显性时空同时存在的隐性时空？

假定时空是一种先在，不自宇宙创生始，也永不会消失掉，那么宇宙很可能是循环的，物质在这循环中变换而不灭；如果时空不是一种先在，宇宙也可能是循环的，物质在这循环中变换而后消失，直至负物质出现，导致另一次宇宙的创生。在这两种假定中，时空都作非线性运行，具有可回环的可能性。

以上所有假设，都是以时空的存在为前提的。而在我们的感觉中，时间确实是虚幻的，但我们又必须依赖这个虚幻的概念，来确定时空中现存的一切，否则，我们便无法证实自己的存在。

但我们确实存在着，并以有限的知识计算出了时空的运行规律。这是人类的伟大之处。在人类的视野里，没有什么是不可计算的，就是时间隐藏到原子的内部，我们也能找到它运行的轨迹。

爱因斯坦死得太早了，否则，他有可能计算出上帝的年龄和体重。

1991年3月24日

第三辑

水在地下流动

背离时尚

　　我是个贪玩儿的人，但我的玩法与众不同，我喜欢的东西都是现实中最不时尚的东西，也可以说都是些过时的东西，而且过时的年代越久越好。

　　比如玉器，夏商周时期或新石器时期的最好，那时的玉器能够留存至今的，已经不多。在我的收藏品中，都是一些新玉器。再说，我对玉器的了解实在是九牛一毛，还处于刚刚入门阶段。我经常在艺术品市场上买到一些东西，回家后经过研究才发现是赝品，但我也不生气，就算是交点学费吧，何况人家雕刻得也很精美，就算是仿品，也有一定的欣赏价值。有时我也知假买假，因为我看的就是造型和雕工，只要是有品位有个性的，就算明知是假货，我也愿意买。我认为，只要是自己喜欢的，就是好的。在我这里，真和假都有一定的价值。

　　我家里没有特别珍贵的玉器，但我有比玉器更古老的石头制品——石器时代的一把石斧。前不久，一个朋友知道我喜欢石头，就送给我一把石斧。那是一个并不太完整的石器，可能是年代太久了，也可能是古人使用时用力过猛，石斧的斧头部分已经断裂掉，但斧刃保存得还很完整。石斧所用的石头是比较硬的石头，斧刃部分很光滑，可见曾经被多次使用过。也许古人曾用它砍过树木和野兽，也许用它进行过搏杀，参加过原始的战争。总之你无论怎样想象都不算过分，也不可能绝对接近历史的真实。但它是人类早期使用过的工具，是原始的创造物，这已经毫无疑问。在此之前，我没有亲眼见过真的石器，我说，这不会是假的吧，朋友说，不会的，这是我亲自从农田的乱石堆里拣来的，况且这样破损的东西也不值钱，所以也没有人造假，造假的东西是能够看出来的。我为拥有这样一个石器而欣喜。现在，它是我家里最古老的人类制品。

比这把石斧更古老的东西，我家里却非常多。那是些老天爷的制品，是未经过人类加工的天然石头。我收藏石头已经多年，闲暇时经常上山或下河滩拣石头。这些石头，经过了大自然上亿年的造化，每一块都散发着古老的气息。它们历尽沧桑，接近了恒久。审视石头，每每让我感到对自然的敬畏。它们或美或丑，或象形或神奇，都让我沉迷。我有几块上好的石头，虽不是价值连城，在我眼中也称得上是无价之宝，让我喜爱至极。

比石头更古老的东西，莫过于泥土。泥土是死亡的石头，是石头风化之后的粉末，携带着大量原始的信息。我曾经用泥土捏出过一些泥人。对此，我谈不上艺术，我只凭感觉捏造，只求神似，不求形似。泥巴实在是太好玩儿了，用泥巴捏出的人物，造型敦厚，憨态可掬。泥巴也不贵重，几乎随处可取，石家庄的每一块土地挖下去，都是上好的黄土，非常好用。我把一个带有鼻涕泡的泥巴老头送给朋友，朋友非常高兴，摆在了茶几上。这个泥人极其憨厚、善良，笑眯眯的，看上去滑稽可爱。他还以为是什么大艺术家的作品呢，我告诉他这是我捏的，他说更要好好珍藏。

我认为，时尚是人类不断追求进步和变化的结果，具有前卫性和流变性；而我喜欢的恰恰是时尚过后的积淀——时间淘去了虚浮的泡沫之后，正是那些沉积在历史深处的凝固的潮流，构成了自然文明和人类文明的底蕴。这些看似陈腐的东西更具有永恒的价值和意义。我并不是不喜欢新的东西，而是对老的东西更加尊重。那些旧物历经沧桑，能够流传至今，本身就是生命力的见证。正是那些存世久远的石器、石头、泥土，与我们速朽的肉体相比，构成了极大的反差，映照着我们的生存。没有那些更稳定、更久远的历史文物，我们的存在就显得浅薄和漂浮。从深义上说，收藏是一种反向追求，它要求的是对时间的印证和缅怀，以此来加固我们的现实，使我们更加准确、客观地认识自身，并对我们所缺失的记忆进行补充。

就是没有这些理由，我也会喜欢那些古老的东西。因为作为肉体，我是短暂的、漂浮的，我必须要依靠一些恒久而沉实东西加以固定，否则我怕时间的急流会顷刻把我冲走，而留不下丝毫有用的东西。

2003年3月24日

减 法 雕 塑

在自然艺术中，最能体现减法雕塑的东西莫过于石头。尤其是河滩里的那些卵石，经过上亿年的冲刷、摩擦和风化，表面上多余的东西都被淘汰掉了，剩下的部分仍然处在不断的减缩之中。自然法则具有消磨和耗散的性质，没有什么东西能够经受住时间的摧毁。万物遵循着自然规律，把生长性交给那些速朽的草木和生灵，而让石头来抵挡腐朽，体现生命的意志。但石头的承受力也是有限的，万物最终都要化为泥土。因此也可以说，任何事物都处在临时聚合物的离散过程之中，好像一开始就是为了解体和粉碎。

相对于人类，石头是持久的。一块石头的生成和死亡过程可能需要几亿年的时间，在这期间，自然作为塑造者对它们进行了不懈的削减，其创作过程既不刻意也不疏忽，每一块石头都获得了自己的形体。自然创作没有原意，只有过程和结果。人类所喜欢的石头，是按照自己的审美标准在自然中寻找对应物，并赋予其人文含量，并因此而体现出价值。这些，都是人类强加给它们的，作为石头本身，并不会因此而有结构和元素性质的改变。

根据人类的艺术观和价值观，在石头中寻找艺术品，确实是一种审美行为。有些石头的质地和造型符合了我们的审美需求，给人以美的享受。当我们遇到那些简单到最佳状态的石头，你就无法不佩服自然的创造力。我相信石头是有生命的东西，并在人们的审视中获得了灵魂，与人进行心灵的沟通和对话。我把石头当作自然雕塑的艺术品，比之于人类的作品，更朴素、简捷、大胆，也更浑然天成，不可重复。因此，我尊重石头胜过尊重人类的制品。毕竟它们是天造之物，每一块石头都历时数百万年、数千万年甚至数十亿年，每一块都是惟一的，绝对的。大自然从不创造相同的作品。你所见到的每一块石头都是孤品。

在一个以标准化和机械化批量生产的时代，完全相同的东西已经成为商品市场的主角，而且正在源源不断地被制造出来。时间仿佛也是同谋，以适应这个疯狂运转的时代。在这种以复制为能事的人类活动中，石头依然保持着原始的惰性，以慢和沉来抵消人类的浮躁。它们慢慢地变化，慢慢地衰老，慢慢地成为泥土。石头有足够的耐力，等待下一次创造、凝固和循环。而在这变化过程中，上帝之手一再地雕塑它们，像减负一样卸掉它们多余的部分，成就自然的艺术。而那些从石头上脱落下来的尘土，将作为自然的元素沉淀下来，成为埋葬我们的东西。

2006年11月7日

与时间对应

在乡村，时间是缓慢的，与其对应的山脉和土地更加缓慢。你很难在短期内看到山脉和土地的变化。自然容忍了它们，在速朽的事物中对其网开一面。在山脉的体内，石头作为骨骼担当了抵抗的重任，以坚硬对抗摧毁。在两相对峙中，时间和山脉都显示了从容与耐力。作为过客和见证者，个体的人在自然中却是短促的，几乎一闪即逝。个人的生命与石头相比，哪怕是最小的一块石头都可以称为寿星。

我喜欢石头堆垒的乡村。石头垒的房子，在乱石滩里走出来的道路，石头的碾子，石头的磨，石头夹杂的土地里长出的庄稼……我的童年和青年时期就是在山村度过的，我的乡村几乎是石头的世界。但让我真正喜欢上石头，却是四十岁以后的事情——石头作为艺术品进入了我的视野——卵石、石雕、石器、石碑、玉器等等，无不让我倾心，尤其是卵石，我最为喜欢。从1996年以后，我和几个石友经常下河滩拣石头，多的时候每年下河几十次，少的年份也要拣几次或十几次。拣石头是一种享受，既有旅游的性质，又有审美期待，总是处在发现的过程中。同时，这也是一种非常好的锻炼身体的方式。每当我进入宽阔而又干净的卵石滚滚的大河滩，我的心情就会特别兴奋、放松、爽快。这时，即使不拣石头，拣不到好石头，心情也是愉快的。

太行山里的河滩，宽阔，水少，有些河道里几乎没有水，特别适合拣石头。人在河滩里容易忘我，同时也忘记一切烦恼，因此，总是让人感觉不到时间的流逝。而实际上，时间并不因为我们的感觉而放慢。你以为你刚下河滩不久，却已经是几个小时过去了。时间在我们的错觉中溜走，留下山脉和远处的村庄。赶上秋天，凉风吹拂着石缝中的小草，会有一些带刺的草籽粘在我们的裤子和鞋上，随我们带到任何地方；而石头则密集地排挤在一起，经过春夏秋三季的雨水浇灌，相互之间挤压得极其牢固，即使是埋得很浅的石头，你也很难把它挖出来，非得用力撬动不可。这时，我们把选中的石头撬起来搬走，就好像强行带走了石头的兄弟。每当我看到地上留下一个大坑，总感到自己是在对自然施行暴力。可见选美也是一种伤害。我们搬走了石头，摆在自己的家里，是对自然秩序的改写，带有强制的性质。而山村里的人们对此却不以为然，他们整天就生活在石头堆里，也经常翻动或拉走石头，垒墙或盖房子，他们已经与自然融为一体，成为自然秩序的一部分了。另外，他们不用审美的心理去看石头，在他们眼里，石头就是石头，除了用于建筑，他们不认为那些又沉又硬的东西会有什么值钱的地方。因此，当我们搬走石头，他们肯定认为我们是在做一些愚蠢可笑的事情，有的人会走上前来，问一问拣这些石头有什么用，有些人则根本视而不见，继续做他们的事情。远远看去，整个山乡一片安宁，即使有人在忙碌，高山和大河滩也会在空间上缩小他们的身体和价值，仿佛一些走在地上的蚂蚁，在上苍的眷顾下蠕动。我们就这样走在河滩里，又小又孤伶，除了自身，很少有人知道我们在干什么。

山村就这样淡泊悠然地存在着，人们不紧不慢地繁衍生息，生死更替，渐渐成为我们深远辽阔的生存背景。房屋老了，又有新的相继而起，一些人消失了，但总体看去并不见少人，反而人口却在增加。那些村里村外的石头，作为沉下来的东西，记载着多少历史的信息，人们已经无从知晓，也不去考究。我们只知道它们的伤痕、裂隙和形状，并因此赋予它们人文的信息，成为文化的载体。村里人不注意石头，他们没有太多的想法，他们活着，只为身体而工作。他们对山脉巨大的体积已经习以为常，并把来自山脉的压迫和阻隔转化为生存能量和意志，释放在每一天的生活中。慢慢地，山里人的性格也变得石头一样坚硬而散漫，同时也沉静、朴素、粗粝。在山村，尤其是夜晚的鸡鸣时分，你能感觉到彻骨的安宁。这是生命与时间较量的结果。生存不允许我们永远处在紧张的对峙中，一切都必须放下来，沉下来，平静下来，无论是陡峭的悬崖，还是我们的身体。

2006年11月9日

太行山的落日

太行山的落日与别处的落日基本相同。我这里说的是一种产自太行山脉的石头——太阳石。洛阳的奇石馆里摆放的大多是这种采自黄河中下游的石头。我们经常深入太行山里，在大河滩里拣到这种名贵的观赏石。太阳石的特点是，石头的底色是褐红色，上面所形成的太阳是白色或浅黄色，色差非常鲜明。如果太阳的下面再有一些山脉或河流形状的起伏色带，就会形成诸如"长河落日"或"苍山日出"等等壮丽的奇观；若在太阳和山脉之间，再有一些缥缈的云状物，将会更添许多神奇。我就见过几块这样的石头，真可以用大气苍茫来形容。

据我所知，只有太行山脉产这种太阳石。石头上所形成的太阳，大小不一，形状各异，有又大又圆的，比圆规画的还要圆，并且边缘清晰，色差分明；也有不太圆的，只是神似太阳，但在整体构图中，也显得很有灵气。还有在一块石头上形成太阳和月牙的，简直就是一幅神奇的天象，让你感叹大自然的造化。最为单调的是整块石头上只有一颗太阳，让你觉得太阳的孤伶；但从另一个角度说，那是太阳独霸了天空，达到了一种至高的孤独，天空中所有的星辰都被它的光芒湮没了，只有它在横越苍穹，向王座上升，其傲慢和气度，无物可以陪伴。如果太阳不是上升，而是在下落，那也是一种独有的谢幕方式，只有它才有资格享受那种经天纬地的沉沦。太阳衰亡的代价必将是漫长的黑夜，那时，整个夜空是暗弱的，那些弱小的星星不足以给我们带来炫目的光明。

太阳石与真正的太阳相比，只是一种形似。我愿意看天空中那轮不可凝视的真正的太阳，它每天都从我们的头上经过，只是我们经常感觉不到它，甚至忽略它的存在，就像我们每时每刻都在呼吸，却很少意识到空气的存在一样。太阳是我们共有的神明，属于所有的生命。当我在太行山东侧的城市里仰望太阳时，我知道在其他的地方也有人在太阳下生活和劳作，享受太阳的恩泽。但我比他们幸运的是，我所在的山脉生产太阳石。我可以得天独厚地借助这种自然资源，把象形的太阳搬到家里，摆放在博古架上，欣赏它的博大和壮丽。

在自然艺术中，很少有什么能够模仿太阳，形成构图或造型。但是太行山就这么做了，它把象征性的太阳藏在岩石里，是一种大胆的行为。如果允许假设和诗性的猜想，当年夸父追赶太阳时，太阳就落在了禹谷，而神话中的禹谷在什么地方？是否就是靠近黄河和渭水的太白山？也许，太阳石仅仅是一种特殊的地质构造形成的，与神话没有任何关系，但我依然相信，这是一种富有神性的石头。我崇拜太阳，它正好与我的心灵相契合。从精神上说，我是一个透明的人，我虽然从身体上不能跟随太阳横越天空，但我可以沐浴它的光辉，并以此浸染自己的灵魂。在我看来，太阳石已经不仅是艺术品，而是我的精神图腾。

石头上的太阳在下沉，那只是落日在瞬间的定格，但时间不会就此凝固，真正的太阳也不会把它的命运寄托在一块石头上，它永远在天空中运行，燃烧，放射，从来没有阴影。

2006年11月10日

泥塑与雕刻

　　泥土是自然之物最终的归宿。凡被时间摧毁的一切，都被泥土所收藏。无论多么坚硬的物质，都逃不过这命定的劫数。

　　我使用泥土作为雕塑的原料，并不是看在它所蕴藏的生命信息和包容一切的属性上，而是它的可塑性。泥土既松散又柔软，一旦加入水分，就可塑造成任意的形状，成为艺术品。泥土不贵重，到处都可以挖掘，这种遍及全球的廉价材料为人提供了便利。我所居住的城市石家庄，是一片河水和大风所创造的平原，来自黄土高原的尘土随着西风越过太行山，疏散在华北平原上，外加源自太行山的河流也为平原不断地输送着土壤，使这片平原上淤积的黄土深厚而滋润，随处都可以挖掘，而且深不可测。我利用这里的黄土做过几个泥人，如果不掺沙子和笨土，就显得过于黏稠细腻。但掺了笨土和沙子，成物阴干之后即结实又不开裂，是上好的泥塑材料。我做过一个老妇，并命名为《母亲》，为此我还写了一首诗，不妨抄录于此：

在我塑造的泥人中　有一个老妇
腰弯得厉害　乳房干瘪
牙也掉光了　不　还剩下一颗
嘴唇也瘪了　鼻涕也流出来了
满脸皱纹像是被人践踏的田垄

我把她命名为母亲
她的身体里走出过好几个人
现在她空了　只剩下自己
为自己活命

总有一位母亲是这样
她已经衰老疲倦
禁不住风尘的扑打
但依然坚持这着　不肯向时间屈服

我真想劝她歇一歇
我真想让她回到童年——
一个小女孩蹦蹦跳跳　四岁或者五岁
在土堆上玩耍　天黑了还不想回家

还有一首《泥人》，也是我做泥人时的副产品，一并抄在这里：

最初他只是一堆黄土
然后他是一摊泥
是我把他从地里挖出来
加水搅拌摔打然后塑造
成为一个人

也许他本来就是一个人
曾经在地上生活　狩猎　奔跑
生育了许多孩子　后来他死了
被人埋在土里　成为黄土的一部分

现在我让他苏醒　重新回到世上
我让他哈哈大笑　但不发出声音
我让他永远不再死亡
除非他偷偷溜回大地　再一次
在泥土中藏身

如果是这样　我就抓住他
把他重塑为一个顽童

让他贪玩　　淘气　　整天乐此不疲

从此忘记自己的家门

实际上，我对石雕更感兴趣，只是没有雕刻的条件，我家住在六楼，不允许我搞出大的响动。我的工作环境也在楼上，同事们都是些作家和编辑，不会有人同意我在那里凿石头，因此玩泥巴只是个妥协的办法。但是话又说回来，人也不能总是拣软的捏，如果条件允许的话，我想多么坚硬的石头我都敢去雕凿。只是现在条件不允许，只能忍着吧。好在大自然在不知不觉中一直在从事着创造性的雕刻活动，成就了许多石头艺术品，不用我去创造，我只是去寻找和发现就可以了。但我还是不死心，我还是想要雕刻。我设想过，我退休之后，在靠近河滩的地方找一处房子，河道里有取之不尽的大石头，我可以整天雕刻，那该是多么痛快的事情啊。想到这些，我现在已经在盼望着快些退休了。

如果退休之后也没有这些条件，我就只能把各种雕塑造型保存在大脑里，自己欣赏了。

如果我退出人世之后，在漫长的时间里变成了泥土，突然有一天，有幸被某个雕塑家用铲子挖走，哪怕仅仅有一小部分被塑造在一件艺术品里，那就是我最大的幸运。

如果这些都无法实现，许多年以后，我就只能任凭流水把我的骨灰带到任何地方，作为最基本的元素参与植物的生死和循环。如果大风选取了我身体中的几粒元素，吹到天上去，我愿意领略那肆意的飞翔，去接近高处的星辰。而实际上，地球就是给予我生命的星辰，我待在这个星球上，就是参与了宇宙间伟大的运行。在这期间，我有过一段非常灿烂的人生历程，进行过艺术创造活动，仅仅这一点，就足以使我骄傲。

2006年12月2日

河滩里没有一点儿回声

昨天是星期六，我和老杨（我的老婆）又去井陉县的河滩里拣石头去了。我们早晨六点起床，收拾东西，吃过早饭，六点半从家里出发，骑自行车到石家庄北站，赶早晨七点十分的火车。我们坐一个半小时的火车到井陉县城，然后再换乘汽车到北障城下车，穿过北障城村，就是我们已经踩好点的甘陶河大河滩。我们到达河滩时已经接近十点钟了。这个季节河滩是干的，没有一滴水。由于季节已经是冬天，虽然不太冷，干净的石头表面上还是结了一层薄霜，踩上去很光滑。太阳出来暖洋洋的，我们穿着棉衣服，慢慢地感觉有点热起来，石头上的白霜也渐渐地融化了。在整个河滩里，除了见到远处有一个开三轮车挖沙子的人，此外就是我和老杨两个人。

甘陶河的这段河滩处在一个大的转弯处，1996年一场大洪水把石头掀得满河滩都是。这段河滩又宽阔又干净，大小卵石非常密集，很少有长草的地方。这正是我们拣石头的好地方。这里出产太阳石，有可能找到好石头。我们下河滩的一刻，心情的快乐程度无法言说，只有大喊才可以尽兴。我一般在这时候都要大喊几声，以抒发心头之快。喊了也没有外人听见。有时候我们拣石头的人一齐喊，但在宽阔的河滩里，你用力喊，感觉喊声并不大，也传不了多远，顶多是有岩壁的地方传回一些回音，更多的地方是没有回音的，声音很快散发在空气里，随风飘散。昨天那个地方就没有回音，我喊了，大山沉默着，没有一点反应。好在我们不是到这里来听回声的，我们是来拣石头的，也许石头有回声，只是太细小，我们听不见。

到了下午1点多钟，我们还没有任何收获。往往是这样，看上去越是好的河滩，寄希望越大的河滩，越是难有收获。我们顺着河滩往下游走，老杨好像是饿了，从我的背包里掏出一块面包和一瓶水，边走边吃起来。我还顶得住，没有饿的感觉。我们带了一些面包、水、小西红柿，饿了就边走边吃，很少停下来吃，因为停下来就意味着错过发现的机会，在河滩里，时间是宝贵的，所以我们大多舍不得停下吃饭。另外，在河滩里走动，也不觉得累。要是平常逛商场，走同样的路程，你会感觉腰酸腿痛，但在河滩里，你绝对没有这种感觉，顶多是疲倦，就是不腰疼。我估计可能是在河滩里走路不平，总是处在跳跃状态，身体需要不断地调整，而不是保持一种姿势，所以如此。

1点半以后，老杨终于忍不住了，她说，咱们往上游走走吧，我看这里不行。于是我们赶到公路上，等了一会汽车，又乘坐汽车往上游走了几里，下车后去一个老地方。这里是交通要道，来往车辆不少，河滩就在公路下边，很方便。这时候只有坐车最省劲，不然走到上游，怕是到了那里就没有力气了。后来的事实证明，老杨的决定是正确的，那个曾经给我们贡献了神像的老地方，真是我们的福地，终于又给我们一块不错的石头。我在水冲的一条沟里，拣到了一块二十厘米宽，十五厘米高，八厘米厚的石头。这块石头很神奇，白色石头上面有一个紫色太阳和一个紫色月牙，太阳在左边，月牙在右边，两者相距八厘米。在日月的下方，有一座连绵起伏的深紫色山脉，一直连贯地延伸到石头的边缘，有如苍山托住了日月。这样的图案是很难见到的，我为此非常高兴，把它命名为"日月同天"，老杨也同意我取的名字，她说，就这么定了。我可能是太高兴了，在上这条沟的时候，把小腿磕了一下，我估计是流血了，一看，果然有一小片血印。

下午3点钟，山区里的太阳还是暖洋洋的，但我们必须上路了，因为还要转两次车，路上要费些时间。说是要离开，我们在河滩的边缘地带还是转悠了好久，总有一种不太尽兴的感觉，希望在临走的时候出现奇迹，但奇迹还是没有出现。当我们到了公路上，还在不住地往河滩的方向看。站在高处或远处看，河滩并不大，可是走在其中时就觉得非常宽阔，这就像我们在拣石头的过程中，感觉刚过一小会儿，可实际上已经过去了几个小时。时间和空间并没有发生反常性变化，是我们的感觉在不同的情况下有了伸缩性。

这一天，我们只拣了一块石头。在回来的汽车上，我们打开包，反复看了好几次，还是觉得这块石头不错。由于高兴，我们几乎忘记了时间，也忘记了疲劳。汽车在太行山里穿行，外面的景物对于我们没有什么新鲜感，我和老杨一路聊得高兴，也没有往车窗外面看，不觉间汽车已经驶出了山口，进入了华北平原。到达石家庄时天已黄昏，我们从北站取出自行车，感觉天气突然凉下来，北风穿过行人和街道，冷飕飕的。凉就凉吧，我们已经到家了。

今天我们除了欣赏石头，还给几块石头上了蜡，在玩石头时，我和老杨都像是个孩子。

2006年12月10日

水在地下流动

大概是1998年，我们一行人去太行山里拣石头，在井陉的河滩里，刘向东在过很浅的一条小河时，由于用石头搭的迈桥不稳定，有一块石头是活动的，不小心被他踩翻了，结果他从迈桥上掉下去，两只鞋里都进了水。当时我开玩笑说，看，这下你就成了"湿足青年"了。那一年，我在另外的地方也有过同样的经历，我也当了一次"湿人"。

后来一些年，太行山区的某些河道里，水很少。尤其是河道的上游地段，基本上见不到水。可是到了河道的下游，水突然多起来，好像是从什么地方钻出来的。事实正是这样。由于上游的河滩里石头又大又多，水都渗到下边去了，上面看不到水，但是水在地下依然在流动，到了下游自然就钻出来了。那些中上游的干燥河道，正好是我们拣石头的好去处。光是井陉的甘陶河，这些年我们就去了不下百次，几乎都给踏遍了。那些让我们"湿足"的地方，我们总是记得很牢固，每次经过那个地方时，我们都要说，这是谁谁湿足的地方。

也有些地方，我们不是掉到河里，而是自己进去的。有一年夏天，我们去障石岩风景区的下游地段拣石头，正午时天气热得不行，穿着胶鞋走在河滩的石头上，都感觉很烫脚。那条河里有水，有一处水深的地方，非常清澈，适宜洗澡。我们前后看看，河滩里空旷无人，此时不洗，等待何时。我们几个人脱衣下河，洗了个天然的河水浴。那一次我们玩得非常痛快，像是回到了童年。

而秋天则不行。秋天的水是凉的，秋后的水凉得扎骨头。但如果非要过到河的对面去，即使没有迈桥，我们也要过河。遇到这种情况，我们就挽起裤子，脱鞋下河，决不犹豫。为了拣到好石头，我们都豁出去了，但好石头并不因此而加倍出现，它只属于有缘分的人，否则你就是踏破铁鞋，也找不到它。

比如在冬天，我们被冻得鼻涕都流出来了，风都灌到袖子里去了，一整天拣不到一块好石头，人们仍然乐此不疲，绝对没有一句埋怨。我们玩的就是这份乐趣。如果天气好，又是休息日，闷在家里出不去，倒是感觉憋得慌。

最近天气就比较好，虽然是冬天，但白天的气温一直在5℃左右，非常适合出行。老杨已经跃跃欲试了，她盘算着去哪里最合适，带什么吃的最好。明天就是星期六，如果没有大雾，我们就去太行山里。我们每次去，都是满怀期待，希望有大收获。

女儿已经没有时间跟我们出去玩儿了，她正在高中二年级读书，起早贪黑地学习，星期日也不休息。我们外出时，给她准备一些吃的放在家里就行了。虽然她也非常喜欢去山里玩耍，但她暂时是没有这样的机会了。以前她跟我们去河滩里拣石头，从来没有掉到河里过。

2006年12月15日

大河滩是如此辽阔

前不久，我写了一批与拣石头有关的诗，写了在大河滩里的所见所闻，就像在虚拟的河滩里又拣了几次石头。现在剪接于此，再过一次瘾：

山的外面是群山

考虑到春天的小鸟容易激动
我决定绕过树林走　一条弯道
赶往卵石遍布的河滩

那些小鸟　腹中已经有蛋了
而山脉产下卵石以后
从来就撒手不管

这正好符合我的心愿

我收藏石头已经多年

我走过的河滩不下千里
我经过的村庄　老人蹲在墙脚
阳光离开他的时候
有风吹着远处的树冠

一切都静静的
没有人知道我来这里干什么
我的周围是山　山的外面是群山

2007年4月5日

河　　套

河套静下来了　但风并没有走远
空气正在高处集结　准备更大的行动

河滩上　离群索居的几棵小草
长在石缝里　躲过了牲口的嘴唇

风把它们按倒在地
但并不要它们的命

风又要来了　极目之处
一个行人加快了脚步　后面紧跟着三个人

他们不知道这几棵草　在风来以前
他们倾斜着身子　仿佛被什么推动或牵引

2007年4月6日

发　　现

他向一块石头弯腰　又向另一块石头弯腰
他是在细看石头的纹理
离我一里远　我就知道他这样会腰疼

刘小放是个石头迷
但远远看去　这个人可能是刘向东
我们在河滩里走散了
只能凭衣服判断一个人

天气越来越热　河滩里蒸腾起缥缈的地气
远处的村庄恍恍惚惚　像是一处仙境

我曾在那个村里住过一宿
那天夜里　村庄上空布满了发光的石头

有人说　那就是传说中的星星

也许是得到了神启　第二天
我在一块石头上发现了月亮　但是今日
我却不能用肉眼看清一个人

2007年5月10日

过　　客

穿过河滩的小道上有四五个人
往来于山村之间　这比往常多了几倍
我怀疑其中夹杂着古人

平时至多只有一两个人
扛着农具走过　重复着前人的路
却一句不提前世的事情

有时风把他们吹歪
有时喊声把他们拦住
然后彼此之间交换阴影

今天这几个人走得很慢
其中一个停在路上

我曾在一幅画卷上见过他

当年他走在小桥上　宽衣大袖

他背后的远山被一笔带过

上面飘着几抹烟云

2007年5月26日

天　赐

我不打算搬起石头砸自己的脚

所以我搬起石头放在车上　这可是好石头啊

我怎么能用它来砸东西呢

遍布河滩的石头难得有一块

被我抱在怀里　其他的那些待在原地

一个过路人问我　你搬石头做什么

说完他就在拐角处消失

但村庄是不会消失的　在河岸

总有一些村庄　总有一些人

把房子建在山坡上　离神越来越近

有时神也帮助我　故意把好石头

摆在我恰好经过的地方　让我发现
因此我认为我得到的宝贝都是天赐

2007年5月27日

过眼烟云

一片云彩撞在山上　没有碎裂
反而顺势爬了上去　翻过山脊
成为山后面的云

山后面是另外一个省
关于那里的事情　请看《山西日报》
气象卫星肯定已经发现了这片跨省区的云

是风帮助了它
几百年前风就曾这样推动过空中的云阵
并顺便清扫了地上的灰尘

那时我还没有出生　而现在我已变老
几百年后　我早已成为过眼烟云

唉　相对于山脉
人生和世事竟是如此之轻

2007年5月27日

风

我在路上遇见了风　它在去往河套边缘时
受到了远山的阻挡和另一股风的追踪

它被迫向山口的方向突围　又被一只鹰
的翅膀压住　失去了上升的可能性

这时一个人张开臂膀就能把它拦住
但我垂下了四肢　放它一条路

我这样做时得到了另一个人的理解
他只出现一面就消失了踪影

后来我在别处又见过他
看见他在风里奔走　没有透露身份和姓名

2007年6月22日

去山中见友人

山村里没有复杂的事物
即使小路故意拐弯　我也能找到

通往月亮的捷径

可是今夜我要找的是
一座亮灯的屋舍
那里母鸡经常埋怨公鸡
不该在子夜里打鸣

那里有一个憨厚的兄长
从他的络腮胡子上
你可以看到毛茸茸的笑容

我想我突然敲开他的门
他会多么高兴

山村里没有复杂的事物
我去找他　就真的见到了他
他确实笑了　高兴了

一切就这么简单
李白去见汪伦的时候也是如此

2007年4月27日

衣　服

三个胖女人在河边洗衣服
其中两个把脚浸在水里　另一个站起来
抖开衣服晾在石头上

水是清水　河是小河
洗衣服的是些年轻人

几十年前在这里洗衣服的人
已经老了　那时的水
如今不知流到了何处

离河边不远　几个孩子向她们跑去
唉　这些孩子
几年前还待在肚子里
把整个母亲穿在身上　又厚又温暖
像穿着一件会走路的衣服

2006年9月13日

这里面的《衣服》一首，是去年写的，已经发表在《人民文学》2007年第三期诗歌专号，并且发在头条。我在网上见到一些评论，给予很好的评价。据说，这期是《人民文学》五十年来的第二次诗歌专号，上一次是在1989年。其他几首都是最近写的，前不久寄给了《十月》杂志，编辑来信说发在2007年第五期。《十月》是双月刊，估计9月份能够见到刊物。

如果说这些诗中还算有些让人满意之处的话，也是得益于我对大河滩的热爱和拣石头的感受。大河滩实在是太辽阔、空旷，太让人迷恋了。那些石头给予我的乐趣，远远胜过书画、玉器和瓷器，可见自然艺术品的魅力。现在正是夏天，天气太热，无法下河滩拣石头了，我只能待在家里欣赏石头。今天兴致不错，我把这些有关拣石头和写大河滩的小诗，整理于此，算是一种另类文体的添补吧。

2007年7月25日

原始自然力的创造性

　　太行山区虽然山势陡峭，山与山之间的间距不是很大，但有些河段的河床也很宽阔，我们走在河滩里，仍然有一望无边的感觉。由于河流的落差较大，沿岸又临悬崖，经常有崩塌的岩石落入河道，使河床里布满了石头，其中不乏一些巨大的石头。特别是在河道的转弯处，山崖下一般都有几米甚至十几米深的深潭，而那些巨大的石头被洪流卷起并且被掀到离深潭很远的地方，堆积在一起，形成一道高高的石滩。正是在这种强大水流的冲击下，大自然创造出形态各异的卵石，成为我们寻找的自然艺术品。我有几块非常好的石头，就是得自于太行山里，这些石头的神奇造化，让我惊叹原始自然力的创造性。

　　在自然界中，创造的力量同时也是摧毁的力量。你很难相信，河滩里那些堆积在一起的石头是空气中飘浮的云彩制造的结果。那是暖湿空气在聚集和移动的过程中，变成了细小的雨滴，雨滴落在地上后形成了水的洪流，对石头进行了推移和翻动。水的力量不必多说，单是流动的空气也可以把高山变成矮山，把石头吹拂成沙子，把沙子搬运到它们认为合适的地方，不管人们是否愿意。我在甘肃和新疆的戈壁滩上经过时，已经很难见到沙子，那里的沙子待不住，都被大风吹到别处去了，而能够坚持下来的石头也被风一点点地消磨，或是形成了千疮百孔的风砺石，或是在石头的表面上形成了光滑的皮层，仿佛上帝的手指在上面轻轻抚摩过。如今，风砺石已经成为一种名贵的石头品种，因为这种石头既不属于山石也不属于卵石，它们形成在戈壁滩上，是气流创造的作品。

自然力虽然巨大，但并不野蛮。自然有自然的法则，它用结果去证明原因，并把因果关系纳入自然的伦理之中。换句话说，我们的世界之所以如此，是因为必将如此。我能够在河滩里遇见风和石头，是因为它们已经存在和必须存在。创造之神是如此神奇，它不经安排而实现的一切，正好等于历史和现实之间发展的轨迹。

人类顺应自然的创造力，稍做加工，就创造出了早期的石器。我收藏有一块石器时代的石斧，不知被古人使用过多少次，上面留下了磨损的痕迹。对于自然物的利用和加工，不仅限于石器、玉器、骨头、牙齿等制品。从遥远的年代开始，人们就懂得了利用水和风的作用为生产和生活服务。古代的许多水利工程，有的至今还在发挥着作用。此外，在人类的发展史上，起到关键性作用的火，彻底改变了人的生活方式。在这个世界上，能够自主储藏、制造、合理使用火的动物只有人类。随着火的使用，人类发明了熟食，在食物结构上与其他动物断然分开，并且因此而改变了牙齿的形状和脸部的咀嚼肌，人的嘴巴也因不必用力撕咬而变小，同时消化系统也因食物结构的变化而改变了机能。尤其是随着对火的进一步使用（注意，我这里说的是"使用"而不是"利用"），人类发明了陶器和瓷器的烧造方式，依赖泥土而产生的塑造艺术应运而生。其后，冶炼技术在世界的多个地方纷纷出现，金属闪现出它们的光辉。金器和青铜器等更为坚固耐用的金属器皿出现以后，石器作为主要工具的时代结束了。石器作品作为人类文化的宝贵遗存，其坚固性和持久的抗风化能力，使其一直保有原始的魅力，被历代收藏家们所追捧。

如果说陶器、青铜器、瓷器等制造方式是对土和火的艺术化利用，那么农耕时代的农民对于土地和火的使用则是直接源于生存的需要。至今，人们所食用的粮食还是依赖于泥土所生长。来自于不断风化的地表岩石所形成的泥土，是我们现在以至将来永远必须依赖的根基。因为我们即使不吃粮食和蔬菜，也不可能离开脚下的这块土地。一方面我们被地球的引力牢牢地吸附在地上，另一方面我们目前还没有找到可以集体搬迁并且能够在上面生活的另外的星球。没有地球和泥土，我们就无法生活。没有脚下的大地，我们就会一脚踩空，掉到别的星球上去，或者永远飘落。好在地球的引力是无私的，它挽留住一切，哪怕是最细小的一粒灰尘也不让飘走。地球上布满了土，地上的，水下的，空中的……这些土滋养了我们，让植物扎根，让动物生活，也使得我们在死后有一个安宁的栖所。土是万物的来源和归宿。土地所创造的东西不计其数，你无法预料一片泥土上会长出什么样的生命物质来，它的蕴藏和组合能力，就是穷尽人类的想象，也难以达到其万一。

我的青少年时代是在农村度过的，可以说是个土生土长的人，我对土地有着特殊的情感。也许是这些原因，使我在后来的岁月里倾心于石头和泥土艺术，并且越陷越深。我对自然元素所构成的东西有着天然的兴趣。我收藏石头。我用泥巴塑造过泥人。我种过地。我的祖父和祖母就埋在我曾经耕种过的土地里。说实话，我不仅热爱我的祖先生活过的土地，我还热爱地球上的每一寸土地和土地上活跃的生命，包括汪洋大海和它上面的乌云。往远了说，我不但热爱我居住的这个星球，我还热爱头顶上灿如穹隆的星空。那些闪烁的星球上一定在发生着不为人知的变化，构成它们自身的秘密。如果一颗星星愿意以我的名字命名，我将非常乐于接受，并把它视为我受命的星辰。我不知道推动这个浩瀚星空的力量隐藏在何处，但我能感觉到它的存在。有时它穿过我的身体，我的心就微微地震颤一下，又在转瞬间恢复平静。

我知道，比水、风、火、土、星空等原始自然力更具创造力和摧毁力的，不是可见的事物，而是我们身处其中的漫长的时间。时间是个终极杀手，它所包容、运转和参与创造的东西，也必将由它来毁灭。

2007年7月30日

虚怀若谷

一

2006年10月2日，刘向东开着他的小车，带着他的夫人和我们老两口，四人早六点出发，去平山县的河道里拣石头。到了太行山里，首先向山西的方向深入了一段，但没有什么收获。在那里结识了一个叫龙龙的小伙子，他把自己种在路边的倭瓜，让我们摘了一些，送给我们。我们问他是干什么的，他说他花几千元把河道里的大石头买了下来，然后卖给城里的园林部门，赚了不少钱。他随手指了指，我们看到河滩里一些足有几吨甚至十几吨重的大卵石，现在都属于他了。

上午9点左右，我们转回车，向驼梁方向开进，大约在离石家庄一百五十公里的地方，我们停车下河，开始拣石头。在下河不到三分钟的时间，老杨就发现了这块带有凹坑的石头。当时它在河道里，凹坑里盛满了水，水里有一些青苔，我把水撩出去，用手洗净了青苔，不禁感到吃惊，原来它的坑是如此的圆满和深陷，其深度和大小，完全可以养几条金鱼。老杨也是激动万分，当即决定把它搬回去。但考虑到小车拉不动它，只好等以后找大车把它运回家里。为了不被人发现，我把它倒扣过去，使凹坑朝下。我翻动它的时候不太费劲，大约也就是七十公斤左右吧。

当天我们只拣了两块小石头，其中一块是娃娃脸。刘向东拣了一块"连（莲）年（鲶）有鱼"，图案是一个带茎的荷叶，下面有一条游动的鱼，非常生动传神。当天我们也算是有所收获，快乐回家。

10月3日这天，我和老杨早晨去长途汽车站，打算坐汽车把它拉回来，当我们赶到车站时，发往驼梁的长途汽车已经开走，我们没有去成。这一天，我和老杨是在惦念中度过的，我们在家里，心却一直想着那块石头。10月4日一早，我和老杨及时赶到车站，坐上了车，汽车在中途长时间停了两次，共走了五个小时，行程一百五十公里，才到达我们发现石头的地方。我们在一个叫拦道石的地方下了车，下车后，在做好记号的地方，顺利地找到了那块石头。石头离路边约十五米左右，我试了试，搬不动。正好河道里有一个放羊的中年人，我看它有些力气，花十元钱雇他，他背，我和老杨两人在后面托举，三个人总算把石头搬到了路边。这个时节天气虽然已经凉爽了，但中午时分还是有些热，我们坐在路边的阴凉处等了约三个小时。下午三点左右，长途车终于来了，我和乘务员把石头搬起来，放在长途车的侧箱里，经过三个小时的车程，终于把这块石头拉到了石家庄北站。下车后已经是晚六点多，天快黑了。我们花钱雇三轮车把它拉到楼下时，天已经完全黑下来。第二天上午我们雇两个人把它抬到了楼上。

这块石头，底部是个锅形，上面是个不规则的圆形，上面的凹陷部分是个椭圆形，凹陷长三十厘米，凹陷宽二十五厘米，凹陷深十一厘米。我试了试，里面可以盛半脸盆水。

我们给这块石头取名为聚宝盆。它是一块难得的奇石，我们非常喜爱。为此，老杨很有成就感，我也确实佩服她的眼力和运气。

2006年10月26日

二

前天，为了节省客厅的地方，我试着把这块名为"聚宝盆"的大石头竖起来，靠墙摆放。当我把它竖起来以后，我惊讶地发现，这块石头像是一个宽衣大袖的古人，头向左偏，宽阔的胸脯深深凹陷，衣服被风吹向了身后，浑身透着一股帅气。这个发现，让我激动不已。我当即把这块原来叫"聚宝盆"的石头更名为"虚怀若谷"。这个成语的意思是，心胸像山谷一样深而宽广，形容一个人非常谦虚。

在现实中，不可能有胸脯凹陷到这种程度的人，但这块石头做到了，而且非常夸张，又不离谱。我估计上面浑圆的凹陷部分可能是亿万年里水流冲击所致。这是一块象形石，质地为花岗岩，坚硬而粗粝，与北方人的性格相似，恰好与主题协调；从神韵上看，整体造型大气磅礴，形神兼备，有一种古朴的气象。为了使其更直观，我在他的脸部画了几笔，人物的表情和气质就透出来了。我不认为这是画蛇添足，我认为这提示性的几笔对整体有益，并且对石头也没有构成任何机理性的伤害，只是使其形象更加鲜明和生动。正是这几笔激活了这块石头，使他原有的艺术元素得到了充分的呈现。有了这几笔，他的每一个部分都仿佛是经过精心设计的，没有一块多余的地方，也没有一点缺憾，所有的局部都在为整体服务。可以说，这是一块素质极好的石头，我只不过是唤起了他隐藏的部分，使他的潜质浮现出来，表现为具体的神韵和形态。

试想，一个虚怀到这种程度的人，会是一个什么样的人？他敞开了博大的胸襟，面向世界，仿佛可以接纳万物。也许只有具备了这样的品格和胸怀，他才能够感觉出自己的空虚。他空出的地方，既是他放弃的部分，也是他吸纳和包容的素质所在。他把自己的整个身体变成了一个容器，迎风敞开，虚怀以待，面对人生和这个世界。理解了他，我才懂得什么叫作气度。

自然物品有着多义性。一个"聚宝盆"竟然变成了"虚怀若谷"，其差异是多么巨大。有些东西需要多次发现，而每一次发现都体现出不同的文化信息。经过重新发现，这块石头就成了一尊天然雕塑，每一个细节都透着帅性和神性。

我非常得意的是，他的脸是我画上去的，是我给了这块石头以新的生命。如果他的脸是天然形成的，我就只能惊讶、赞叹，心悦诚服地把这个创造的权属归还给上帝。

2007年1月28日

三

　　经过多年来对石头的深刻体悟，以及我个人的审美情趣的变化，最近，我越来越喜欢"虚怀若谷"这块石头。我每天早晨起床后都要抚摩它。它表面看上去有些粗糙，但用手摸起来却很光滑，没有一处扎手的地方。这是亿万年水流冲刷的结果，既保持了石头硬朗的本色，每一个机理细胞都清晰可见，整体上又致密坚硬，并在表面形成了一层光润的皮层，因此摸上去手感非常好。

　　说实在话，这不是一块适合抚摩的石头。就像抚摩一个武士的头颅等于对他的侮辱，抚摩"虚怀若谷"也是对它的不尊重。但它毕竟还是一块石头，我们不能把它当人来看，它终究还是一件自然艺术品。为了保养它，我给它上过几次油，现在表面的颜色已经发生了一些变化，石头的内部色泽渐渐透出来，变得有些发红，看上去色调沉着饱满，绝无一丝轻浮之感。由于上油保养，又加上我经常抚摩，好多地方已经光滑发亮。我喜欢它不是由于它的质地，而是它的整体造型。它征服了我，我每看它一次，心里都有一种震撼之感。他太大气了，太帅气了，以至于让我有些嫉妒，假如它是一个人，我不如它。

老杨看我如此喜欢这块石头，有一天她说，既然你这么喜欢"虚怀若谷"，我就把它赠给你了，我当即欣然接受。我说，那好，不用立字据吧，她说，不用，我说话绝对算数。现在，这块"虚怀若谷"就属于我了，但她毕竟是老杨拣到的，我还是有些心虚。实际上，我和老杨的石头，无法分出你我，我只是开个玩笑罢了。

2007年4月8日

四

昨天晚上，朋友们在一起聚会，靳闻章兄坐在我的旁边，我对他提起"虚怀若谷"，他也非常喜欢。他来我家时见过这块石头，他说，那种"抱虚"的状态非常好，"虚"就是虚空，虚无，虚渺，是一种博大、包容的状态，有了这块石头，你的家就是"抱虚斋"了。我说，那就这么定了，今后我的家就叫抱虚斋了。他说，我回去给你写一幅字，就写抱虚斋三个字。等他写好后，我要装裱起来，挂在墙上，这样，我的家就有了名字了。

记得去年冬天，靳闻章来我家看石头，当他看到"女娲"的时候，感到震惊，他问我们从哪儿捡到的，老杨说，就是你住过七天捡石头的井陉县测鱼镇，你在那里捡了七天也没有捡到，我们去了就捡到了它。靳闻章说，那是我给你们留的。说完，我们都哈哈大笑。

昨天我又提起此事，他又笑。闻章兄是一个悟性很深的人，他研究《易经》和《老子》的著作影响很大，再版多次。近些年，他禅悟佛道，造化非常，已经有了很深的修行。我们能从他的身上，看到善的宽怀和对世人的慈悲之心。

2007年5月1日

五

不久前的一天，我正在上班，闻章兄把电话打到我的办公室，说"抱虚斋"写出来了，一会儿我就给你送过去。说完不到十分钟，他就冒着热汗来到了我的办公室。那天天气非常热，他是骑自行车来的。他从信封里掏出两幅字，都是"抱虚斋"，其中一幅的"虚"字是个神来之笔，像是一个坐着的菩萨。这两幅字，我都非常喜欢，全部收藏。我要把有菩萨的那幅字装裱镶嵌起来，挂在墙上，我的这个居室从此就叫"抱虚斋"了。

因为"虚怀若谷"这块石头，我的居室有了名字；因为"抱虚斋"这个名字，我似乎感到了包容与涵纳的容量和气度。设若我的品格与"虚怀若谷"是统一、融合的，那么我将是一个什么样的人？如果我不配与他融合，我至少可以在为人上与他接近；如果我连接近的资格都不够，我至少可以仰望他，膜拜他。这样想来，"虚怀若谷"就有了神性，他简直就是我的偶像，让我崇拜。在这个世界上，让我喜欢的人很多，值得我崇拜的人也不少，但让我痴迷和崇拜的石头，目前只有"虚怀若谷"这一块，因为他所具备的文化含量已经超出了一块石头，成为一件带有人格化的自然艺术品。

2007年7月19日

六

今天，我和老杨又提起发现"虚怀若谷"时的心情，让我们记忆犹新。第一篇文字中写的是万分激动，我觉得说的不是很准确。记得当时我感到了心颤，那是我有生以来第一次有那种感觉。心里忽悠一下，心在颤抖，好一会儿才平静下来。老杨说，她发现这块石头时，也感到了心颤。可见我们当时就意识到了这块石头的价值，因而内心里产生了一种从未有过的震荡，让我们久久不能忘怀。后来我拣过许多石头，其中包括一些好石头，都没有那种心颤的感觉。那是一种瞬间被震撼的感觉，来不及反应，甚至来不及惊愕，内心被突然产生的喜悦所穿透，一时间无法表达。我记得我们当时都说不出话来，过了一会儿才面面相觑，表现出惊讶。

现在，2008年已经过去了六天，今年还不知将有什么样的收获，我们期待着那种让人心颤的感觉能够再次出现。今天晚上的天气预报说，明天的最高气温是十摄氏度，这个温度可是外出拣石头的好温度，遗憾的是明天出不去，明天上午网络宽带的人要来家里修线路，另外还要等待张洪波的电话，我到了山里，电话信号不好，怕是收不到。张洪波邀请我和刘小放去吉林长春开会，我已经答应了他。但时间可能有变动，明天听他的电话。等从长春回来，我们计划去一趟井陉。因为今天我们翻出一块红色的小石头，非常好看，是十年前从井陉的河道里拣来的，所以我们决定再去一次，找一找红色的石头。

什么样的可能性都有，但若再次发现类似"虚怀若谷"这样的石头，可能非常难。

2008年1月6日

七

三天前，也就是2008年3月9日，我和刘向东去平山的卸甲河里拣石头，下午两点左右，我们在一处裸露岩石的河底上躺了一会儿，非常舒服。那是一大片光滑干净的与山体相连的岩石河床，可供一百个人躺在上面休息。那天气温在十五摄氏度左右，石头也不凉，深山里非常寂静，只有河水从岩石上面流过的声音。我们躺在石头上，仰望天空，没有一丝云彩，天空蓝得透彻。但让我扫兴的是，在我们视线的上空，有一条电线穿过两山之间，破坏了我们对于原始深山的感受。同时，也让我们感到，现代化已经无孔不入，这个世界已经没有真正清净的地方了。

就在我们歇息的河底上，有许多流水冲击出来的深坑，有的圆，有的长，有的深，有的浅。这些坑，让我们知道了"虚怀若谷"的形成过程。正是那些柔软的流水，把坚硬的石头冲击出深浅不一的凹坑，再经过分裂和冲刷，创造出了神奇的带有凹坑的卵石。刘向东指着这片带有许多凹坑的河床，幽默地说，看，这么多"虚怀若谷"。这时，我们看见许多凹坑里还汪着水，也许是冰融化后留下的水，还没有被蒸发掉；也许是上游有水坝，放水过后留下的水。这些汪在坑里的水，清澈而宁静，风从上面吹过，水面皱起一些细小的波纹。

2008年3月13日

八

最近我发现，"虚怀若谷"的头部，也就是我画上去的形成脸部的几笔黑色线条已经暗淡，有些模糊不清。仅仅不到两年的时间，后加上去的颜色就已经逐渐褪色，而石头本身所固有的东西却没有消失，依然保持着原来的品质。可见，在自然的演化过程中，起决定作用的是内在的东西，所有虚浮的表面化的东西都将被时间淘汰。

这些线条暗淡以后，正好符合我的心愿。经过一段时间的思考，我已经感到我做了多余的事情，甚至破坏了石头的天然性质。我想我强加给这块石头的东西，既然不是石头本身所固有，就应该消失掉。好在石头有它自身的风化性能，许多东西都慢慢地淡化而后消失了，石头也一样，它终将会恢复到它本来的模样。

这样一来，我的心里倒是坦然了许多。现在我再看虚怀若谷，觉得他更加自然，更加帅气了。那些逐渐消失的线条，已经成为我的心理构图，在欣赏之前就先入为主地进入了石头的结构，成为他的一部分了。也就是说，消失的线条演变成了我个人的心理暗示，成为一种精神图像，并主导了我对艺术作品的欣赏过程。因此，我所看到的构图和画面，在别人看来可能不是这样，甚至大相径庭，完全相反。这也就是欣赏的差异性。由于每个人的文化积累不同，生活阅历不同，知识结构不同，欣赏角度不同，得到的答案也就各不相同。这其中没有高低贵贱之分，只有差异。

自然物品有着多义性，它所提供的信息是多重的，无边界的，不定性的，这也正是自然艺术的魅力所在。

2008年12月25日

肖　　像

一

2007年10月19日，我和老杨，还有刘向东，去保定顺平县境内的唐河流域的花塔村和朱家堡村之间拣石头。早晨7点从石家庄出发，刘向东开车。保定到顺平之间的路段没有高速，过往车辆太多，主要是从山西过来的拉煤的大卡车，有的车辆还带着拖车，据说装煤可达到一百二十吨。由于堵车的地方很多，我们当天下午1点多才到了花塔村，下午在河道里拣了一会儿。这条河道不大，还有一些流水，被人挖走沙子的地方，有些石堆，我们在上面找到了几块石头。当晚我们就住在花塔村的一户开饭店的农家里，是个家庭小旅馆。花塔村在过去可能是个公社所在地，现在没有了乡镇政府设置，但还是看出与普通村庄的不同。我们能在这样偏僻的地方找到两三家小饭店和一处最多可以住下三个人的家庭旅馆，已经非常不容易了。据石友邵凡平说，他们来到这里，都是自己带帐篷和炊具，吃住都解决了。我们吃的是饭店，菜做得还不错；住的是软乎乎的床，我们已经很知足了。

我们吃住的这个家庭，老太太看上去有六十多岁，她至少有两个孙女，晚上她的小孙女把我们领到离她家远一些的饭店里，饭店经营得不错，饭菜上得很快，而且味道也可以。老太太的儿子在保定工作，不知是干什么的，我们没有细问，但可以看出这个家庭是个勤劳、有活力、有雄心的家庭。他们家在路边盖了两处房子，一处自己居住，腾出两间做客房；另一处开饭店。晚上，我们问，车放在院子里不会丢吧？老太太说，丢不了，我儿子回来都把车放在院子里。从她的话里可以知道，他儿子有车。夜里，大约四点钟，院子里有发动车的声音，我醒来，立刻拉开灯，下床扒开窗帘往外面望，以为有人偷车，但我听到的是三轮车的发动机声，不是汽车的声音，知道是一场虚惊，我又回床睡觉。刘向东在另一个房间里睡，他可能不知道这一切，因为我听到他在打呼噜。这个院子没有院墙，车放在外面，确实让人不太放心。

第二天早晨，我们在花塔村的一家小饭店吃了面条和油条，还有油炸糕。饭后下河滩拣石头。但我们收获很少。我拣到了这块类似肖像的石头，当时只是看它上面有一处石皮不错，已经玉化了，石头也不大，我就带上了，没有看出有多么好。我们到这里来，主要是拣一种带红色皮的石头。这种石头有的是石英石，有的含有大理石的成分，白色石头上沁有红色皮，有的已经玉化了，有的透闪石的成分达到六成，差不多就是和田玉了，皮色非常漂亮。据说附近的易水河、拒马河、唐河都有这种石头，只是花塔村到朱家堡这段二十里左右的河段中所产的石皮最好。据说保定市几个拣石头的人在这个河段已经拣了五年了，当地人说，你们来晚了。我们可能真是来晚了，我们只拣到了一些别人不要的石头，成色都很一般。

整个上午我们收获有限。中午吃过饭后，我们开始返程。一路上堵车不太严重，只是路过一个镇子时，由于收购和运输柿子的车辆太多，堵了半小时左右。顺便说一下，保定到涞源之间，是柿子的产区，正赶上柿子下树，一路上有几个集镇上堆积了大量的柿子。我们在路边买了一筐刚下树的柿子，合四毛钱一斤，据说比石家庄便宜。我从来不买东西，所以我不知道具体的差价。

汽车回程还算顺利。这块石头就放在车后排的座位下。离石家庄二十公里左右，我让老杨把这块石头递给我，我想看看，她就从后面递给了我。当我反复看时，忽然发现它的玉化部分形成了一张人脸的图形，而且非常像我。我非常震惊。但我不敢出声，因为刘向东正在开车，在高速路上行驶，我不敢让他分心。等到下了石家庄的高速路，我才敢说出来。老杨只看了一眼就说，老解，这不是你吗？刘向东也说，太像了，而且头发还是中分。我这才敢把喜悦表现出来，高兴得简直像个孩子。

这个发现是个意外。回到家后，我在上面抹了一些油，颜色透出来，更加漂亮了。第二天，我迫不及待地给它拍了照片，放在我的博客上，朋友们见了，也都感到惊奇，说是很像，主要是神似。神似就可以了，哪能完全像呢？我看它比我帅气，我真要是有它这样的气质，可就知足了。我在博客上这样写道：

"这块石头得自于河北顺平县境内的唐河流域，是我亲手拣来的。是上帝为我造的像。整块石头上玉化最好的部分都在脸部，真是给足了我'面子'。感谢大自然对我的描述，并亲自交给了我。今后，我就把它作为我的标准像吧。"

真是谢天谢地。我拥有了自己的石头肖像。拣到这块石头，老杨比我还高兴。她说，你亲手拣到自己的肖像，真是太神奇了，这块石头可能有什么象征意义，预示着你的未来，有巨大的福气。我感觉也是。

2007年10月23日

二

2009年11月14日，经过很长时间的设计，我终于下决心，把这块石头的多余部分切掉，用红木给他做了一个镜框，把肖像镶嵌在木板上，使其成为一幅真正的肖像。木板是一个整体，我请电脑雕刻作坊把中间挖下一块，就形成了相框。镶嵌以后，我感觉肖像帅多了，女儿看后，说是像一个大英雄。说实话，我也觉得很有成就感，他确实有了一股英雄气。现在，这幅石头的肖像画就挂在我家的墙上。去年，有一家网站从我的博客上选载了这幅照片，并找到我的一幅生活照进行对比，拼贴在一起，我一看，还真有些相似。有了这幅肖像以后，我仿佛觉得自己是一个大人物了。

2010年1月6日

一 错 再 错

一

　　我从没见过这么固执的石头，在十五厘米高的范围内，一条白线发生错位，居然一错再错，错了四次。是什么力量使这条线错了四次呢？我想，在地球上的某个地方，某个时刻，一定是发生了什么事情，或者说是一次小小的震荡，把一条原本连贯的线条强行折断，然后扭转、位移，不容分说地错开了原来的纹理。大自然做事情是果断的，并且不讲任何道理，它用结果去肯定原因，因而它做的事从来就没有对错之分。

　　大约是1998年，我在太行山区井陉县的河滩里拣到了这块石头。我拣到它的时候，感到惊奇。它让我感到了大地的创造力，是如此的神奇。可以说，作为一个人，我没有勇气连续犯四次错误，而且错得这么干脆利落，绝不拖泥带水。这是一种断然的、一意孤行的行为，没有人能够劝阻。错也就错了。既然错了，就这么定了，不再更改。这种决绝的行为，带有刚性，让我这个倔强的人，也深为折服。

现在，我已经承认并理解了它。正是它的错，才造就了它的性格和现状。如果它不错，就没有它现在的价值和意义。我现在倒是觉得，当时错得还不够，既然已经错了，再错几次又有何妨。如果在这块石头上，再错出几道痕迹来，将会是怎样神奇的结果。可惜大自然已经做过的事情，是轻易不做改动的，就是改动，我也不一定能赶得上，因为地球也许几千万年才进行一次创造性的活动。如此说来，这块石头，也许是几千万年前地球运动的结果，现在我得到了它，岂不是一种天大的缘分。

2006年5月13日

二

有关这块石头的故事：在拣这块石头那天，井陉的诗人、画家王俭庭也和我们一起拣石头。当时他离我不远，见我拣到这块石头，他凑过来观看，非常羡慕。他当即跟我说："我给你拿着吧。"我说："不用，这么小的石头，也不重，还是我自己拿着吧。"他又说："还是我给你拿着吧。"我想，他比我大十来岁，怎么能让兄长为我代劳呢，我再次谢绝了他的好意。不料，他却是另有用意。过了一会儿，他终于跟我说出了他背后的意图："把你这块石头送给我吧。"我非常果断地说："不行。"但他并不死心，又用非常柔和的话来感动我："我从没跟你要过石头，你就把这块给我吧。"我想，好啊，你想感动我，让我上当。我笑眯眯看着他说"不行"。他感到对我无计可施，便嘿嘿一笑，走开，继续拣他的石头去了。看来，我没有让他替我拿这块石头是对的，否则我就上了他的当，一旦石头到了他的手里，我再要回来恐怕就困难了。

王俭庭有过这样一个故事。他有一块石头，送给了诗人刘小放，刘小放把他运回家里，做好了底座，摆在古董架上。有一天王俭庭去刘小放家看石头，他见到了这块石头，让他没有想到的是，这块在他那里没有太当回事的石头，到了刘小放家里，做好了底座后居然非常漂亮。他感到了后悔。他居然又把这块石头要了回去，刘小放无可奈何，只好任他抱走。王俭庭抱着这块要回的石头，乘坐一百多里汽车，回了自己的家里。

既然提到了刘小放，我就再讲一个故事。那是1991年夏天，在秦皇岛市青龙县的祖山上，诗人刘小放、姚振函、陈超，还有我，共同参加了秦皇岛的一个诗歌笔会。在宾馆的房间里，姚振函站在地上，手里握着一块石头，跟我说："你看，我这儿有一块好看的石头。看，这石头上的纹理是旋转的，多像是一个少女的头发。"我一看，还真像。石头的大小正好把玩，其大小可以用手握住。我走近一步，想拿过来看看，他向后退了一步，手举得高高的，说："我拿着，你看。"他生怕我把它夺走。我说："你能不能让我拿着细看看。"他说："不行，不能拿在你手里。"我说："为什么？"他笑嘻嘻地告诉我："这块石头是刘小放在山顶上拣到的，正拿在手里把玩，被我看到了，我说，这种破石头有什么意思，扔掉算了，拿着它不嫌沉啊。被我这么一说，刘小放随手就扔在了地上。等他一转身，趁他没注意，我就把它捡了起来。你看，多好的石头啊，刘小放上了我的当。"他说完，我们哈哈大笑。他说："所以说，这石头不能拿在你手里，到了你手里，我就上了你的当。"

这事已经过去十五年了，可是那些场景一如昨天。那时姚振函老师还很年轻，还没有白头发，现在头发已经全白了，却仍然那么幽默智慧，而且更加可爱。不知那块小石头他是否还保存着，我想，他是不会轻易扔掉的。那时，我们对石头还没有多少认识，更谈不上痴迷。可见姚振函老师对石头的认识比我们早，要是现在，那么好的石头，刘小放老师是不会扔掉的，更不会上他的当。可是话说回来，要是没有这件有趣的小插曲，我对那次笔会的记忆就不会如此清晰。

2006年11月2日

三

有关这样错位的石头，我在市场上和网络上都见到过。几年前，在石家庄举办的一次石头展览会上，我发现大约五十斤左右的一块黄色的大化石上，正面有一条浅黄色的斜线，这条线错位至少在二三十次以上。也就是说，一次地震以后，伴随着几十次余震，在这块石头上留下了痕迹。当时卖主要价太高，我没有买，现在想起来非常后悔。我不知道这块石头的下落，如果我能找到它，我一定要去看望它，给它拍下照片；如果主人能够割爱，愿意转让的话，我一定要买下它。

2008年3月4日

第四辑　肉体的宗教

被动的演出

　　美国卡通片《猫和老鼠》中的动物经常从剧情中跳出来，指出"糟透了，这个剧本是谁写的！"或"我不坏，是编剧让我这么演的！"等等。他们以局外人的身份对剧情提出质疑，并提醒观众，他们是在被动地演出，而在他们的形象之外有一个设计师和操纵者，把握着他们的命运。那些动物们发现了事物的不合理性，因而站出来反抗，就像有人写下"我不相信"，现实便处在尴尬之中一样。人在生活之中，有权干预或反对生活，指出生活的纰漏，从而使人们认识到自身的处境并设法改变这一切。

　　卡通人物非常清楚，他们是被画出来的，因而对命中的遭际也不太在意。因为他们无法修改自己的形象和演出情节，只要光盘在转动，他们就永远处在演出之中。而人却不同，人往往否认现实，却不否认自己的身份。人是被出生的，通常并不清楚被出生以后，来到世上干些什么，因而弄得手足无措，常常找不到称心如意的事情可干。人即使承认自己是在现实的活剧中担任着角色，也很少提出"是谁让我这么演的？"或"我演得像不像？"等问题。因为你演的就是你自己，你的角色与你的命运重叠在一起。你活到老演到老，不知道编剧何在，谁使你扮演人而不是狗、猫或其他什么动物。你演得太像太真了，你的形象隐藏在自己的背后，使你自己都看不出自己的真相。你被肉体所遮蔽，道具即是你自身。你不用化装就已出场。你被大戏所编排，该登台的时候登台，该退场的时候退场。

生活是一出漫长而无聊的戏剧，演员众多而杂乱，缺少旁白，人类从来没有听到过画外音。编剧和导演在设计完工之后就退出了剧场。因为人类已像一架永动机开始了自转，不再需要外力。人被固定在自己的情节里，又被皮肤紧紧地包裹着，逃不出自己的命运。作为一个临时演员，人在进出这个世界之间难以看到长剧的开头和结尾。人类缺少怀疑自身和走出自身的能力，因而只提出了一些鸡毛蒜皮的质疑，在方法论的争吵中耽搁了向自身本体发问的智力进化，而成为一群喧闹不休的庸众。

现在，我所关心的问题不是剧情的好坏和人类最终的结局，而是生活的实质。即人在生死之间一直不曾揭穿的问题：生活是什么。因为你是被自己所出演的，你从不问自己是谁。你所赖以活命的身体已被无数人使用过，你被一再地修改、重复、涂抹。你的身份不是唯一的你，而是无数个人的生存序列，你只是充当了其中的一个角色。你演得不错。但有一个疑问从中而生，那就是：如果戏剧是真的，那么生活就是假的。反过来也一样。但还有一种特殊情况，即戏剧等于生活。若此，一个无法找到的旁证让我们为难，那就是上帝必须存在，他以生活为蓝本，一字不改地抄袭着这个世界。他不需要创造，只需劝解、中和、平息事端，让生活戏剧化地向前演进，并维持平衡。

演出到此远没有结束。生活在继续。如果你发现世界上什么地方出了毛病，你应该提出来，像卡通人物一样直率地说："剧本上不是这么写的。"但剧本上是怎么写的，作为剧中人，我们永远无从知晓。

1999年10月22日

伪　证

　　你坐在电视机前，你在看电视剧，你被剧中的故事所打动。你兴奋、生气、着急或者流泪，你进入了剧情。可是你不知道，你是个被欺骗的人。隔着电视机的玻璃荧屏，你所看到的是假事件，即：不是事件正在发生，而是经过编导、摄影、剪辑、录制之后的一个播放过程。你观看了，你进入剧情，等于你参与了造假并出场做了伪证。

　　你坐在电视机前，你在看电视，一场即时的现场报道让你感动——那是一个真实的事件，没有经过编排和导演，没有演员在那里表演，你终于在电视中看到了真实。你不再被欺骗。你认为自己是清醒的，再不会被虚假的故事所愚弄。但是你又错了，你在电视中所看到的根本不是人，而是人或物的一个投影。你把影像当成了真人，你又一次相信了假象，并为虚假的事物做了伪证。

　　你坐在电视机前，你在看电视。你已不再相信电视故事的真实性。你看着荧屏，你把所有图像都当作投影，你不再为剧情流泪或激动。你变得非常冷静，你知道了任何影像的背后都有一架摄像机在操纵，都有一个录像、传递、播放的过程。你看破了机关，你宣布，电视上的一切图像都不是真的，而是事物的投影。你终于从失败中发现了真理。你为那些尚未清醒的观众感到可怜。但是你又错了，你从电视上所看到的图像连投影也不是！当你打开电视机的后盖，你看不到任何事物的蛛丝马迹，只有一些电子元件和线路组装在一起，只有电视信号在空中移动。你惊呆了，你承认了自己的愚蠢。

从此，你不再看电视节目，你反对电视。但你必须首先确立电视这个概念，然后才能反对它，否则你就失去了反对物。电视迫使你承认它，接受它强大的异化力量，把你从中心的位置排挤出去，让位给人的制品。这就是物质的属性，它一直与人类的精神对应着、对峙着，形成一种吸引和压迫。科学越是进步，人类对物质的依赖性越强。人与物的错位，最终将导致人性的变异，使人失去对生存的质疑和反省能力，变得暧昧而软弱。因此，科学和理性有可能达不到初衷，反而走向其反面。

电视是一个特例，正因为它是一群人的智慧，正因为人们习惯了它，才使我们的生活变得可疑，才使我们有必要对周围所发生的一切进行过滤。

1999年10月23日

人群往低处流动

　　如果不涉及远古人类生存，仅就当下现状来近距离地考察人类的生存活动，我们会看到一种在全世界来说（不分地区和种族）普遍存在的现象——人群往低处流动。从英国人瓦特制造出第一台蒸汽机开始，尤其是人类进入现代化以后，由于经济活动频繁，在利益的驱动下，那些住在高处的人们顺着山坡向下流动，汇集在平原地带；一部分人继续向下，最后淤积在沿海城市里。那些滞留在地势较高处的人们，坚守着古老的风习，依然从事着简单的生产劳动，不断生出能够继续向平原和沿海地带流动的孩子。

　　中国有句古话："人往高处走，水往低处流。"由于物质的重力作用，水往低处流是肯定的，但人往高处走，不是指身体在海拔高度上的攀升（登山运动员除外），而是指人的一生所实现的价值程度，即素质、学养、财富、社会地位、创造能力等等，是一种比喻性的价值判断。仅就登高而言，人往高处走是费力的。除去登高的危险因素外，身体位置的提升也需要能量消耗，从呼吸所摄入的能量而言，海拔高度每增加一定程度，空气中的氧分子就会相应减少，从而影响人的身体机能，使人不能在自然状态下无限度地向高处登攀。再说，山顶以上的部分属于上帝和星辰，不是人们步行可以到达的地方。

地球的向心力决定了人的各种器官都有一种下垂的属性。即使脑袋作为人的顶峰一直耸立着，也终有它低下的时候。人往低处走，是生命的规律。在我们之前，地表上曾经生活过无数个古人，但现在你却见不到一个，因为他们都进入了泥土，成为土地的一部分。我曾把他们称为真正的隐士。他们躲开了世上的纷争，沉淀在泥土里，过着一种隐居的生活，直到自己被溶解、疏散、还原，作为自然元素参与生命的大循环。

到现在为止，地表之上已经漫流过怎样浩大的人群，已经无法考证。仅就现状而言，我们完全可以推断人类的生生灭灭是一场怎样持久不息的浩瀚潮流，冲刷着这个世界。当我们在山间开阔地或平原地带发现了城市，当我们走在城市的大街上，你会看到许许多多的人，不顾生存之艰辛，不顾道路的弯曲和坎坷，执着地忙碌和生活，没有一点停留的迹象。城市作为人类走向未来的庞大驿站，聚集着众多的人口。来自乡村的人，来自山坡上的人，背着包裹的人，从母亲的身体中分离出来不久的人，刚刚离开的人……为城市的建设和消耗增添着活力。当夜晚降临，倘若你有机会站在远处的山上眺望城市，你会看到星星闪烁的夜空里，有一片光华密集的地方，显现出特殊的神秘和辉煌，请不要怀疑，那就是人的城市。

人，已经走在通往神明的路上。虽然人依然没有完全脱离动物的属性，虽然人的个体依然是临时的，但是人作为一个整体和类别，其总体的努力方向和超凡的创造能力，已经得到了上帝的赞许和肯定。

从目前的情况看，在无法摆脱的物理世界里，自然重力在心灵活动中依然有效。但人们已经在有意或无意识中露出了超越个人追求的趋向，体现出整体性价值。人们向低处走，聚集在城镇里，是为了形成一个创造性群体，并在其中有效地发挥个人的潜能，达到生命活动的最大值。而低处或者说地势较为平坦的地方，交通和运输便利的地方，更适合于人流和物流，为人类的经济活动提供了方便。另外，从中国的地形上看，地势较低或平坦的地方气候相对温暖，经济活动较地势高的地方活跃许多。我对气温和经济的关系没有研究，我的直觉是，温暖的地方适合于人们把手伸到袖口外面，灵活地操作，从事生产活动。另外，低地和平原地带水资源丰富，是生产和生活的最基本要素，比高地有着不可比拟的优势。

在一定的社会发展阶段，人群向低处流动，是社会进步的标志。但是低地的人口承受力是有一定限度的，当我们发现低地城市过于拥挤，给生活带来不便时，辽阔的高原和云彩上面的山坡会重新吸引人们的脚步，让那些愿意接近星辰的人，有机会得到爽风的吹拂和上苍的笼罩。

2007年7月23日

住在星空下

在这个世界上，最伟大而又神秘的事物莫过于我们头上的星空；而在我们居住的星球上，最为壮丽的景观莫过于全体生命参与其中的生活。由于时间和空间的局限，我们不可能看到全部的星星，也不可能看到生活的全景。我们只能看到局部的事物。比如坐在飞机上，你就会俯瞰到地球上局部地区所展现出的当下的图景——平原、山脉、河流、湖泊、城镇、村庄、道路等等，是多么令人感叹。人类的行为，也是自然造物的一部分。为此，我曾经写过一首短诗，名字叫《我对这世界心怀感激》：

> 最伟大的建筑是星空
>
> 而在星空之下　最美的建筑是肉体
>
> 和全部的生命
>
> 我正好拥有这一切　享受这一切
>
> 这是多么奢侈　幸福

因此　我对这世界心怀感激
不着急离开　也不愿时间
从我们身边飞速消逝

同样写星空，萨福在公元前七世纪写下的《晚星》则情感细腻，神性十足，并充满了女性的温馨：

你，夜空中的牧羊人，
海斯皮鲁斯，无论如何，
你该把羊群赶回家了；
尽管黎明的曙光尚且依稀，
你赶着绵羊——赶着山羊
——赶着你的孩子们，
回家去见他们的妈妈。

她把星星比作羊群，要赶着他们回家，去见他们的妈妈。但是黎明尚未到来，他们还要待在天空中，不急于离开。

对于这个世界，人们确实"不着急离开／也不愿时间／从我们身边飞速消逝"，但事实上，任何事物都处在离散和消逝之中，包括星星，也在相互远离，无止境地扩散。昨夜的星空和今夜的星空已经相差甚远，但同样灿烂。古人说"天似穹庐"，我深有同感。我愿意把星空看作是一个巨大的穹庐，上面挂满了灯笼，像是镶满了闪闪发光的宝石。只有上苍才有如此的能力和气度完成这种宏伟的建筑。

住在这样豪华的星空之下是奢侈的。

拥有这么多的星星，难道你不曾感到过富有和辉煌？

我感恩这个世界，给了我太多东西。

造物主也赐予了其他生命以同等的生存权。万物在同一的生命法则下生存，就是一个昆虫，也享有同样的星空。它们所获得的光芒，不比我们少。

假如有人以一颗星星的名字为我命名，或把一颗星星的光芒送给我，我怕我担当不起这种殊荣，但我却乐于接受。与一颗星星相比，我更愿意拥有整个星空。我愿意在众星之下，接受它们的光芒，并倾听它们飞翔的声音。

按照中国古老的星相术的说法，每个人和星星都有一种对应关系，天上肯定有一颗星星是属于你的，你受命于它，接受它的安排。我曾试图寻找过我的星星，但我不知道它在哪里。我曾多次仰望过苍穹，但我只感到了星空的浩渺和寂静。仰望久了，我无由地生出一种空虚之感，仿佛身体在膨胀和融化，渗透在整个夜空里。这时，我心跳的声音也是空的，既没有回声，也没有共鸣。

天空转动着，星星在飘移，我感到有一种巨大的力量在推动这个世界。我知道这种力量来自何处，但我无法说出。

2006年12月4日

超越时间的梦想

　　古人对天空的敬畏来自于对未知力量的恐惧。在古人看来，风雨雷电，奇异天象，都与人们的命运相关，甚至与整个部落和国家的命运相关。人们用各种祭拜和祈祷仪式讨好上苍，以求得上苍的保佑，少降一些灾祸。尤其是把握不住的事件，吉凶未卜，人们总是试图揣摩上苍的意图，预测未来的走向。

　　对命运的探知一直是令人困惑的事情。预测未来，实际上寄托了人们超越时间的理想。但由于自然规律的限制，即使是先知也只能生活在当下，没有能力依靠双腿亲身走到时间的前面去。要摆脱肉体的局限性，人们唯一能够做到的是思想的出走和飞翔。由于思维活动不需要实证作为依据，并且成本最低，只是通过心灵便实现了与神的沟通，岂不是便宜的事情。通过对未来的预测，想象力在每个人的心中都创造出了自己的神话，于是超越时间的梦想便逐步演变为人们共同参与的集体瞩望，在此广泛参与和认同的基础上，宗教的诞生便是顺理成章的事情。

宗教是人类集体的幻觉。比之于原始的个人信仰，宗教的天堂是处在某个局部的另外一个社会，而不是人们仰望的整个星空。推动这个世界的未知力量依然在运转，关于个人乃至人类命运的疑问并没有完全消失。生活在皮肤里面的个体人生依然困惑重重，无法摆脱重力的束缚和死亡的阻拦，但处于好奇和本能，人们对神秘的未来依然充满了渴望。

未来确实很遥远。自从人们把时间划分为细小的分秒，以日月星辰的运转周期为计算单位的原始计时方式被肢解，被分割后的时间单位可以短到眨眼之间。分割时间是人们试图超越时间的一次努力，为人们走向未来向前迈进了一步。从表面上看，像一秒这样短暂的时间可以一步跨越，似乎为通向未来缩短了道路；但人们发现，过了这一秒之后，新的一秒紧随而至，人们依然生活在此在，而不是未来。未来依然在前面，诱惑近在咫尺，却无法超越。

为此，科学家们跳出神学和心理学活动范围，在物理规律中寻找答案。有人建立起数学模型，通过时空的曲面效应，计算出物理意义上的时空漏斗，据说通过这个漏斗可以在短时间内到达遥远的星系，同样，也可以回归已经过去的历史。但走向未来的路，依然渺茫。我们不知道未来是什么样子，也无法在此刻亲眼看见几千年后的某个人。时间虚设了一道栅栏，把一切阻挡在这边，不允许有丝毫的超越，哪怕是万亿分之一秒。

在亲历行为困难或不可能的情况下，人们把信仰抬举到精神活动的制高点，确实是一种可取的方式。既然头顶上的星空和我们自身的命运有着隐秘的关联，并构成了难以破解的秘密，我们为什么非要揭开这个谜底呢？我不主张看透一切，我们也不可能看透一切。物理是不可穷尽的，我们只能部分地接近相对真理，在这漫长的接近过程中，人类走着一条求知的道路，曲折但充满了趣味。

基于这些，我对古人的敬天行为有了更深的理解，对宗教的集体救赎感到欣慰，也对科学的探求充满了敬意。也许，世界上没有可以预知的事物，一切都在变化之中，正是这种不确定性，构成了事物的多样性和生命的魅力。我们超越时间和预知命运的想法和努力，不管结果如何，其行为本身都是可爱的。我们有理由知道自己的未来，尽管我们无法知道。

到现在为止，超越时间可能是我们最难做到的事情，但就其神秘性和诱惑性而言，时间的魅力甚至超过了空间。因为我们通过努力已经到达了月亮，并且在火星等近地星球上降落了探测器，人类可以勘察的空间正在不断扩展；而在量化的时间上，却没能跨越一秒。假如人类有一天突破了这一步，我们就有可能在青年时期就看到自己的老年，当然也可以回到过去，看见自己祖先的出生和死亡。如是，偶然和必然的关系将会被我们修改，我可以在犯错误的一刻停止行动，也可以绕过疾病甚至逃避死亡。从伦理上说，我不知道这样的世界还是否是一个合理的世界。

2007年7月31日

器 具 说

在人类文化史上，能够称为器的东西很多，如：石器、玉器、陶器、瓷器、漆器、明器、乐器、青铜器、兵器、武器、木器、机器等等。器，在中国人的眼中，带有高贵的性质，具有较深的历史文化的内涵。中国人把器看得很重，在与器有关的词汇中，可以看出器的重要性。像大器晚成，不成器，器重等词汇，都把器作为人格化标准，推举到相当的高度。

而与器相关的"具"，由于使用功能不同，其文化内涵也就明显具有偏下的性质，很难登上大雅之堂。如：炊具、农具、家具、工具、玩具等等，似乎都与铁匠铺、木匠棚等作坊有关，只配普通百姓人家使用。

究其原因，主要是器与具的艺术含量不同，拥有者的地位不同，用途也不同，造成了词意的高下之分。在古代社会，所有与器相关的东西都带有通神的性质，或用于祈祷、巫术，或用于生死仪式，或用于战争、礼仪，或用于观赏和把玩，所有这些，都与精神活动有关，对人的灵魂有相当的影响力。由于对神灵的崇拜，人们自然也就对这些通神的器物有一种天然的敬畏心理。与器相比，具则大多属于生产和生活的工具，是日常用品。对于日常的司空见惯的粗糙制品，很难让人从内心里对其产生敬意，或当作艺术品去欣赏。我不曾见到哪个农民像欣赏玉器和瓷器一样去欣赏自己使用的锄头；同样，我也没有看见哪个收藏家拿着自己祖传的青铜礼器去换取一件日常使用的塑料制品。

在普通人的生活中，就说我的家里吧，能够称为器的东西不多，而具则不少。因为影响我们灵魂的东西，都不是家庭里实用的东西。也就是说，在家庭生活中，器的有无，对人的生活质量不能构成实质性影响，属于可有可无的东西，不像没有锅灶，我们就做不成饭那样紧迫。现实迫使人们在日常生活中，把精神活动让位给肉体的需要，身体和本能得到了尊重。也可以说，是器具在影响着人们的生活，使人在精神和物质之间徘徊，既渴望神的眷顾，又不敢亏待了自己的身体。试想，如果没有一件可用的器具，仅凭我们的双手和力气，我们的生活会倒退到什么程度。

器具的发展不但改变了人类的生活，也改变了人的思维方式。计算机出现以后，这个世界发生了巨大的变化。一种数字计算和储存技术，帮助人们把不可想象的超大信息量轻而易举地传输到地球上的任意地方（包括太空和近地星系），其速度之快仅在分秒之间。你无法想象人们是怎样使用了地球上的植物和矿物，制造出如此神奇的东西。在神话消失的时代，科学覆盖了地球，在现实生活中创造出新的神话。现在，人对器具的依赖越来越强，我们已经不能过没有器具的生活。我们和器具的关系已经转变为伙伴、朋友，有时甚至是奴仆。有一次，我的家用电脑发生了故障，害得我到处求援才把它修复。有时我恨不得一拳砸了它，但离开电脑我已经不能正常工作和生活，它已经成为我身体之外的一个器官。

现在看来，电脑还不是人类制造史上的巅峰之作，它还在发展，它将超出人们的预测，不知到达什么程度。电脑不像历史上已经出现的器和具，具有固定的模式和形态，它是在有形的物体内部创造出无限的虚拟的事物，并与这个可以触摸的世界紧密地联系在一起。在这一点上，就是上帝也要佩服它的想象力和创造力。而电脑是人造的东西，属于机器。

2007年8月4日

生活的另一面

　　我曾经写过这样一段文字，题目是"我怀疑生活的真实性"，内容如下："一生中，我的一半时间生活在现实中，另一半时间处在睡眠和梦境里。因此，我至少有一半成分是不可信的人，是一个既实在的又虚幻的人，一个往返于现实和梦境中的人。你也一样，所有的人都一样。除非你整天睡不着觉，失眠，健忘，迷迷糊糊，像一个梦游者失去了灵魂。那样，你就是一个更加恍惚的人。但我们确实是在生活，而生活竟然有一半是虚幻的，这让我有理由怀疑生活的真实性和人的真实性。至少你必须承认，生活的一半是虚的——那由梦境构成的部分，属于非现实的部分。反过来说，如果我们必须承认生活是真实的，那么下面的命题必须天然正确：1、非现实属于心灵的现实；2. 人有超验的本能；3. 生活不仅限于现实，而是全部事件的总和；4. 人类仅仅是生活中的一部分。在此命题下，我往返于生死之间，已经非常疲劳。幸亏有梦。我的梦是我超越现实的方式。只有在梦里，我才是一个真正自由的人。"

　　梦与现实，一直是个很难说清的问题。梦中的生活，是人在睡眠中的精神活动，属于非现实的部分。但你不能说一个人躺在床上睡觉就不是生活，同样你也不能否认他在梦里的经历也是他的生命经历的一部分。这样，一个问题就产生了，那就是：生活中到底有多少真实性？如果我们允许梦境参与到生活中来，那么，我们的生活就有了掺假的成分，生活就不再完全真实；如果我们把梦境排除在真实生活之外，我们的生命活动就会缺少一块，另外也不符合我们的生理现实。这样，梦境就成为一个疑点，又虚又实地存着，影响我们对生活的真实性做出准确的判断。

是否可以这样认为，我们的生活本来就存在着非常虚幻的一面，它不要求物理的真实，只符合心灵现实，人们无法在现实中找到实证。如果一个人的一生中有三分之一时间是在睡眠中度过的，而睡眠中有一半时间是在做梦的话，那么这个人的一生中至少有六分之一时间是由梦境构成。这是粗略的算法，每个人睡眠和做梦的时间是不同的，其结果也不同。比如我，睡眠的时间就比一般人多，而且梦也多，因此我的虚幻程度就比一般人大。梦境永远不会走出人的身体。因此，梦只能由个体来完成。人们无法以约定的方式完成一个共同的梦。由于梦境这种纯粹的个人心理活动的性质，决定了它的私密性和飘忽迷离的神秘色彩。

承认了梦与现实的关系，我们就可以得到这样一个答案：谁都能够看见生活的另一面。因为你不可能不做梦，你做梦了，你就曾经生活在虚幻之中。既然你曾经生活在虚幻之中，你就不可能完全真实。一个不真实的人，也就没有理由要求上帝给出一个与其精神活动相对应的物理世界。所有的人都虚幻了。或者说，世界还是真实的世界，人还是现实意义上的人，是人的属性决定了人的虚幻性。正是因为有梦，人（其他动物也有这种可能性）才能够看见多层次的生活。梦境丰富了人的经历，使我们有了通神的可能性。也许这是上帝有意的安排，让我们一方面生活在现实中，一方面置身于虚幻的世界。

谁能够在梦境和现实之间自由穿梭，谁就可能获得不确定的时间和空间。

人的身体是封闭的，但梦境是开放的。

你可以在梦里去往任何地方而不用考虑路费和力气。

你的虚幻的程度就是你生命色彩的丰富程度。换句话说，梦的多少决定了一个人的生命质量。包括噩梦也是人的一种特殊的经历。没有做过噩梦的人，就无法知道非现实的力量对人的生存所构成的威胁。相反，美梦也会给人带来快乐和幸福。一个没有梦的人，是个可怜的人，除了暴露在现实中的部分，他不再有另外的秘密。混淆了梦境和现实的人，可能拆毁了现实和非现实的边界，不知身在何时何处，不知己为何人何物，不知生死轮回，我们不要小看这样的人，他已经有了不同寻常的地方，他即使不是一个超人，也有可能是人类选出的使者。如果你遇见了这样的人，请你告诉他，我正在找他，我有一封信，需要他捎给梦里的一个人。

2007年8月9日

生活的背后

近几年，除了写诗，我还写过一些寓言。我试图通过荒诞性来解析这个世界，躲开物理的经验，从精神之路绕到生活的背后去，或者说穿透生活，看看它背后的东西。这种追查带有侦探的性质，试图发现日常经验所遮蔽或者被忽略的东西。经过一段时间的摸索，我错误地以为找到了通往生活背后的途径。但仔细分析以后我发现，生活只有现场，不存在背后。我所触摸到的部分只不过是它的非理性，而非理性也是生活的元素之一。

给生活下定义是困难的。生活是当下事件的总和，在庞杂和紊乱中保持着自身的秩序。我们从事件堆积的现场很难找到生活的核心，也难以在它的运转中稍作停留，正是这些构成了生活常新的本质和魅力。我企图绕到生活背后的努力并非完全是失败的，在此过程中，我歪打正着地发现了非理性可能是人类生活中最富有诗性的部分。文学的任务之一，我认为，应该有揭示和呈现它的义务。

在通常情况下，我们被纷扰的杂事所纠缠和蒙蔽，按照常规去处理日常的事物，往往把非理性排除在逻辑关系之外。实际上任何事物稍一扭曲、拆解和重组，都会改变它原来的结构，表现出新的形态。我通过寓言发现了许多不可能存在的事物，充斥在我们的生活中，构成了生活的多重性。可惜的是我们的思维方式具有很强的惯性和惰性，习惯于迁就表面化的东西，不愿意往深处和远处走，忽略甚至从来都不曾想过，生活中还存在着许多超常的有趣的层面。

基于生活只有现场这个基本的事实，通向生活背后的道路也将返回到生活现场，把非理性融入自身的伦理之中，构成生活的完全性和饱满性。因此，不管寓言中的故事多么荒诞离奇，也不会超越生活或走到生活的外边。生活没有之外，只有全部。我甚至认为，历史也在生活的现场，只是时间把它推向了远方。在"远方"和"此在"之间，是无数个"当下"在排列和延伸，与我们身处的现场接壤，构成一个不可分割的整体。引入时间这个向量以后，历史就变成了一出活剧，人们依次出场，然后隐退。因此，生活永不凝固。在生活的全部流程里，只有先后，没有背后。每个人在自己所处的时代里都是活的。按此推理，历史中不存在死者，只是出场的时间和顺序不同而已。

文学的功能是表现生活，揭示生活的本质，从中发现真理并反过来映照我们的生存。因此我们企图绕到生活背后的野心不是一种妄为，而是一次小心的试探。为此，我从两条路进行过尝试。一是从理性出发，通过严密的推理和运算，最后却得到了非理性的结果。一是从非理性出发，把荒谬推到极端，却意外地接近了事物中暗藏的真相。两种方式都走向了自己的反面。生活嘲弄了探索者，但文学却不必为此而羞愧。我没有找到生活背后的东西，却发现了生活中原有的秘密，隐藏在每一个细小的事物里。生活的现场是如此庞大而活跃，处处都散发着生机，只要我们迈步，就会出现奇迹。

那么，在寓言抵达之处，诗歌能否走得更远？这不是期待，而是一种可能。由于介入方式的便捷，当下诗歌已经渗透进生活的细枝末节之中，以身体为本的低姿态写作决定了诗歌的高度，既不会低于生活，也不会高出很多。就身体而言，个人是人类最小的单位，处在生活的现场，很难超越自身。诗歌回到身体不是一个错误，但却可能是一种困境和拖累。我倒觉得我们已经沉得够久、够深了，应该允许一些人从生活现场出发，以夸父式的"大我"精神，奔跑和追逐，也许真的能够到达异地和远方。

当然，异地和远方也在生活的现场，生活没有背后。我们无法找到那不可知的地方，但我们不能失去好奇心。而诗歌恰恰是个不安分的精灵，它具有理性和非理性的多重身份，完全可以走得更远，甚至飞翔。如果诗歌仅仅满足于在地上赶路，大汗淋漓地跋涉，甚至陷入泥淖而不自知，那可真是低估了诗歌的能力，也糟蹋了诗的名声。

我总觉得，当代诗歌中隐藏的力量，还没有真正释放出来。在诗歌的图景中，我们缺少的是夸父和冒烟的太阳，而不是软弱轻浮私密的小情调，以及窃窃私语的人群。那样，即使生活真的露出了它庞大的后背，恐怕我们也无力抵达，无法领略它神秘的景象。

2010年7月30日

我们的身体

一

从生活的意义上说，故乡是人们最早的居住地。若从生命本体意义上说，肉体才是人类的故乡。肉体是我们的出生地和播种地，也是我们全部生命的所在。在肉体这座低矮的建筑里，居住着我们的一生，以及我们绵延不绝的子孙。如果我们的种族谱系追溯到远古，找到了共同的祖先，那么我们的故乡就是同一的。这将推导出我们将是同一个家里的孩子，由于日久的繁衍而分散在各地。

人的身体是按照最简单的原理设计的，就像蜗牛在自己的身体上长出了房子，人类用柔软的皮肤包裹住全部的血肉。我们的头顶上覆盖着头发——这肉体建筑的顶棚上的一片茅草，虽不足以遮挡风雨，却也体现了人类自我呵护的理念和对自体设计的匠心。人类的身体内携带着不断生长的种子和温暖的子宫，供胎儿居住。人为自己建筑了一个温馨的小小的家园，供自己生活和休息。一个身体用得过久了，衰老了，就会毁掉，分解为泥土和元素，甚至连废墟也不留下。

合理的结构设计使我们的身体成为游动的居所。我们在自己的身体里安排子孙的序列，也把精神储存在体内，让它不断地生长。我们带着自己的家在地上行走，呼吸、劳作和思考。一个停止运动和思考的身体就是废墟，而一个没有灵魂的身体就是一座精神的荒原。

二

最初的身体——我们最原始的祖先解体之后，故乡分解为无数个后继者的身体，并继续分解下去。故乡碎了，它不再是唯一而完整的，而是变成众多身体生生灭灭的一个过程。身体一旦获得了生长的时间和空间，便立即失控，并且永远不可逆向回复到原点。

生命因肉体的急剧膨胀而具有极大的张力。它从土地所获得的能量已经并且正在服务于肉体的狂欢。一个世界因此而沸腾了。

人的出场是这个世界上最大的事件。进化历史选择人作为生命世界的主演，显示了它的睿智。但从广义上说，一切生物的进化都是完美的，体现了积极、健康的创生性。一切生物也都在离开最原始的故乡——先祖身体，而成为个体努力者，为种群的生存、进化、完美而奋斗。在万物争荣的世界上，人的在场提高了生命的质量。人类创建了其他生物所不可能实现的物质文明和精神文明，这是人对生命世界的贡献。

我相信一个新的宗教将在幻觉中诞生。

在新的宗教中，身体将是我们唯一可靠的根据。我们对肉体的崇拜将从尊重每一个人做起，进而尊重所有的生命，把万物纳入同一个体系。

这是一个可以触摸的群体，也是一个可以从现世生物种群向时空两极无限延伸的具象的物质的宗教。只要我们能够证实自己是真实的存在，这个信仰就能够成立。我们不需要在遥远的永远也走不到的地方建立一座天堂，也根本不需要地狱。我们的身体——这个心灵的驻地——就是一座游动的天堂和地狱。一切都存在于身体中。我们从身体出发，已经走了这么远。每一个时代都是具体的、真实的。我们必须生活在现实中才能获得一种踏实感，也就是说，我们必须生活在自己的身体中。身体是存在的家园，是生命的故乡，出发点，归宿，也是生命的现场。除此，我们没有另外的住处，更没有对未来的寄托。

三

从神本到人本，西方经过了漫长的中世纪，直到文艺复兴运动重新确立了人的主体性，人才获得了精神解放。从人本到身体，是人向本体的又一次回归。第二次回归把人拉回到物质的属性，甚至回到了原子和组成生命的最基本物质（氨基酸）以及构成生命遗传密码的DNA。人类终于在对自身的深度省察中找到了自己的家谱。人的构成秘密被揭开，人暴露在自己的面前，不再有隐私。

分子学是对人的彻底的解构。在哲学退居到方法论和社会学的争吵中时，物理学和生命科学走到前台，担当了物质存在及其运动规律的本体研究，为人对内、外宇宙的再认识打开了又一扇大门。随着人对生命世界的认识的深化，人从神回到人，再回到细胞，是一个向本体收缩的过程。这种收缩导致了人的位置的再次降落。人必须依靠身体而存在。尽管人的精神已经到达了星辰的高度，可以在月亮上散步，甚至在火星上降落探测器，说不定哪一天，人就可能到其他星球上去生活，但是人终究要在自己的体内完成生死。这是生命的属性决定的。科学进一步证实了人是一堆细胞的组合物，包括思想也不过是人体内一系列化学变化的产物。人性被分解为一系列物质的运动过程。我们甚至可以通过显微镜看到细胞的分裂和人格的形成。道德、伦理、科学、理性、感性，终于走到了一起，通过身体这个复杂变化着的生命载体，达到了精神与物质的统一。

在神退位以后，人成了自己的主宰；在人也退位时，身体这个生命的底线，就是我们惟一的寄托。技术的进步把人解构为一些相互关联的器官，对此，我们不必感到恐惧，生命哲学总会把分散的元素重组为完整的人性，以此指证我们的生存。

人活到现在才算明白了一些事理。人对身体的内部考察是最深刻的考察，使我们认识了生命最基本的规律，同时也把自己摆在生物种群的地平线上，以平视的眼光重新看待其他的生命。在人的生存史上，一个生命的共荣意识渐渐形成。

尊重生命是人的再次回归的必然结果。人的特权被消解，所有物种都获得了生命的尊严。生存权利被视为最高的权利，包括一个单纯的细胞也因携带着生命的全部信息而应受到尊重。这也许就是自然造物主的原意，只是被我们人类曲解甚至蒙蔽了无数个世纪，直到物种的消亡到了危及人类的地步，我们才通过科学技术的进步而醒悟。此时，虽然为时已晚，但也终是挽救生命的一次机会。如果这个时代再晚些到来，我们这个世界可真是一个不断消亡的世界，人类最后听到的挽歌就只能是自己的声音。

人终于醒悟了。人回到了体内。我们是否还将向更深处沉入，还有待于历史的进步。哲学所忘记的东西，科学正呈现给我们，并把我们所有的演化过程记录在案，告诉我们已知世界和未知世界的秘密。

人的遮蔽已经不多，待我们通过技术手段而能够捕捉思想的轨迹时，人类将达到真正透明的生存。那时，谁都将公开、公平地生活，不管你是谁——是人、动物、植物，以及岩石的雕像。

四

从生命的本能上，也许每一个物种都意识到了这一点，从很远的时代就开始了对于自身的复制工程，努力使其种群不断扩大，以保持在各个物种间的生存竞争中不至于灭绝。为了使复制工程不至于因疲惫而腻烦，每个物种都限制了自我繁殖的数量，并对其程序进行了诱惑性的设计——交合的欢愉。生命在其变化过程中的良苦用心没有白费，物种遵循了这些法则，并把这私有性的密码藏在自己的细胞中，秘不示人地向后传递。

从表面上看，复制工作好像并不是目的。人们出生时雄心勃勃，手舞足蹈，好像是要到世上来大干一场，但来了以后，又发现没有什么事情可做，也就借助这个身体旅游一次。繁殖只是顺便为之。如果细想，这也不无道理，这个世界上，有什么非做不可的事情需要我们（人类这个庞大而强硬的物种）大面积地到来？我们到处挖坑和建筑，把原来的土地搞得面目全非，把别的物种排挤到难以生存甚至灭绝的地步，显得很不道德。但是我们既然兴致勃勃地来了，又怎能不玩儿个尽兴？同时，上苍默认了生存的法则，在残酷的竞争中对我们网开一面。这样，人，这个世界的宠儿，就成了生命种群中的望族，人丁兴旺。人的足迹遍布了大地的每一个角落。

但不管走到何处，人只能居住在自己的身体中，尽管这个田园有些狭小，却足以让我们度过风雨兼程的一生。人生就是一个挥霍的过程，不经意地得到了身体，也就一次性地把它消费掉。在这世上，身体不算是什么特别昂贵的东西，对于每个人，却是惟一的立命之本。因此消耗生命是最奢侈的行为。失去身体，也就失去了全部。当有人形容一个女子的美丽时，说她走路像是一座花园在移动，我觉得一点也不过分。女子的身体难道不是世界上最美的乐园？

生命本体告诉我们，身体才是我们最美的也是最后的田园，是我们赖以呼吸、运动的主体。而泥土，那儿埋没了我们的先人又承载着我们的现在和未来的伟大元素，不是我们真正的田园，而是我们——全体生命的归宿。

2002年11月12日

肉体的宗教

历史持否定态度

在宗教出现以前，人的出场是自然的，没有觉悟，没有谁引领，因此也不存在超度；宗教出现以后，人的来临被赋予了自觉性——创世的传说隐喻了人的主动性，描述了人从缺席到出席的到位过程，从而确立了人的生命意义。

而在人的历史上，历史从不解答悬而未决的问题，它只证明过去的奇迹，把经历过的事件堆积在凝固的时间中，可以被挖掘和发现，但绝不允许重新启动和运转。从人的不断消逝可以看出，历史对人一直持否定的态度，不支持我们前进。因为它沉重的作用力从来都是向后的，惰性的。它支持了死神的行为，对生活中的现实不屑一顾。这是时间的向度决定的。时间要求历史只对过去的一切负责，而把创造力交给流变不息的现实，把希望寄托给虚缈的未来。

但历史的惰性使它具有高度的稳定性，是我们惟一可以依靠的时间背景。历史可以列出一张否定生命的时间表，我们在上面看到的全部是死人。这就是历史残忍的一面。从中我们看出了人作为生命个体的大限以及生命的脆弱性。但历史同时又告诉我们，人作为群体的坚固性和持久性。它默认了我们所有的行为，包括死亡的方式。在历史的时间表上，每个人都有着确定的不可动摇的位置，你无法给某个人增加一天，也无法缩减一秒。历史断然地否定了生命，把多样性压缩在同一个平面上，通过死亡而摆平人世的所有不平。死，在历史中是公平的，其不可超越性体现了生命法律的硬度，无人拥有特权。

与活跃的现实相比，历史失去了弹性，不再有活力。它吓唬我们：你将是这样的。但我们往往不信。因为生命的姿势是朝前的，就像有人拽着我们向前，而历史用绳子拴住我们的后腰，要把我们拉向过去。在这场力量均衡的拔河中，只有集体坚持着，而个人则纷纷倒向历史。这不是我们的能力所及，而是取决于生命的属性。

从进步的意义上说，历史是一个删节的过程。它把已经发生的、不必堆积在现实中的事物统统去掉，为繁重的生活减负。这是一次决绝的剔除，以死为界，非此即彼，不再有回旋的余地。也正是这种强硬的删除，改变了世界的格局，不因累赘而拖累，不因虚浮而臃肿。我们排着长队，等待着点名，勾画，涂抹，然后被减掉。世界上没有哪一个政府或公司的裁员能够如此果断而奏效——进入历史者从此一笔勾销，不再出现。

被历史否定的事物也将被历史收藏。这一点我们不用担心。进入历史的事物就不再死亡。因此存在于历史中的先人都是无忧的人了，他们所担心的风险在生活中到处存在，却与他们毫不相干。如果有人在历史深处想拍案而起，历史会按住他，制止他的鲁莽。历史绝不允许已经过世的人再次干预这个世界。这是历史的责任。

个体的加入

一个独立存在的身体是荒凉的，而一旦他与另外的人产生了相关性，他便与世界建立了复杂的关系，进而牵扯入整个人类的运转之中。出生就是进入生活，否则，他宁可回去。可事实上一个进入生活的人不再有回去的可能性，时间封闭了他的退路，并开始了他生命的倒计时。因此，每一个个体的加入者都是一次赴死的过程，人们明知生活是危险的，但报到者还是十分踊跃，甚至挤破了大门。

随着勇敢的个体的不断加入，虽然生命群体在不断大量减员，但人口还是不见减少，反而在稳步增加。可见个体加入者对这个世界充满了好奇，也充满了信心。人们决心到世上走一趟，即使无所事事，也不反悔。人们即使抱怨生活，也不抱怨生命，因为活着就是一种赚取。在生命面前，人不亏本。人没有本钱，出生就是全部的获得，没有丝毫的损失。从无到有，人的一生全是利润。这也是个体加入者争相进入世界的缘由。就算生活中布满了危险和苦难，又有多少人主动退出这个世界呢？

除了这个世界为人提供了充分的活动场地，供人度过一生，宗教所企望的终极乐园也对人构成了诱惑，使人在生活之中又对死后寄予了厚望，这真是一举两得的事。出生就是偏得，通过此世之后又可以到天堂旅游一趟，甚至还有长驻的可能，岂不是让人喜出望外？难怪这个世界上死者遍地，还有人纷纷出生，细想起来，世界给人的好处实在不少。众多的诱惑使人不得不一试身手，到此生一游。

另外，进入这个世界的条件也不苛刻，好像不费什么周折，人们随随便便就来了，惟一的代价就是——大不了交出这个身体，不活就是。因此这个世界充满了随意性，来的来，去的去，乱乱哄哄，过往之人不断，好像一个集市。有不耐烦看上一眼就走的，也有恋恋不舍最终两手空空的。人们到世上闲逛一趟，岂不快哉。

此外还有一些方便之处利于人们的生活。其一就是人体的自我设计的合理性：人作为个体的活动的自由性。人可以单独行走和生活，即使没有房子，人也可以住在自己的皮肤里，风雨不漏，只留下少量的孔隙进食和排泄。人没有出生和选择的自由度，却敞开了死亡的大门，有着充分的自由，人可以随时随地退场而不受限制。

个体的加入导致了个体的不断完善，也促进了人类的繁荣，使世界变得热闹非凡，进而分出了种族、血统、国家、地区。人的聚居使土地上出现了村庄和城市，出现了高楼大厦和各种技术。但有一点还是不变的，那就是人依然住在自己的身体里。时间只允许人活一次，且活过的日子无法再重复和修改。这就导致了人必须重视自己的身体和行为，人每走错一步都会记入历史。个体的自我约束也要求了整个人群的自我约束，因而出现了制度、法律、道德，进而形成了一个限制个体自由的人类社会。这些限制都是体外的，并不影响个体所形成的群体世界。作为人，每一个个体都是鲜活的、流动的，正是这些个体的加入演变为全人类的流变和运动，一个生命的大意境出现在地球上，使虚缈的星空因为一颗星星上具有生命而增添了宇宙的生机。

集体的世界

每个个体都以自己的身体作为原始股份加入这个世界，聚少成多，集体因此而出现。这么多的人聚集在地表之上，在太阳下出没，在星空下睡眠，历经生死而不息。集体的世界为我们展示出一幅壮丽的图景——肉体走上生命的前台，各尽所能，像一场夜总会开始了集体的狂欢。在这场大戏中，所有的人都是主演。世界形成之后，造父就退场了，剩下了一群孩子，每个人都在短暂的出场机会中表演自己的一生。

在生命过程中，个体的目的是生存，而集体的目的却比较模糊。集体要获得什么？我们尚不清楚。因为生命只存在于个体之中，有着明确的宿主；集体则是众多个体的集合，所有信息都分散在每个单独的肉体里，其群体意志体现在个人的努力中。因此集体的存在只能成为类别，比如人类，就是一个统称，其中包含着男和女，种族和血统，先人和来者。

集体作为一个松散的概念，却在生存的总量上表现出强大的凝聚力和刚性指标，让我们不得不敬畏——在个体的不断消逝中，集体始终在证实一个类的存在，即集体不死。这就把集体推到一个神话的高度，甚至与永恒联系在一起。在生命链条的传递中，个体不仅支持了集体，同时也依靠集体的存在而存在。集体把即生即灭的个人统筹在一个大的类别中，成为众生之国。在集体的国度里，个人的生死只是一个不断更替的过程，不对人类构成重大影响。这样，建立在个体之上的集体，不仅与个体形成了互为关系，也超越了个体，使生命有了可信的远景。

由于比个体的存在长久而可靠，集体的存在形成了这样一个事实：即对生命和生活建立秩序和规划的可能性。于是人类在集体的建制中建构了各种生活模式，最大限度地利用这个世界，以求在种类的繁衍中获得实绩。同时，人类在努力中始终贯穿着一个古老的理想——追求永恒。从继往的历程可以企望并确立这样一个抵达终极的目标，这个目标像挂在明天的苹果，通过不断翻新的岁月而永远在前头，引诱我们去追逐。为此，人类不仅尝试了划定界线，建设城郭，推行各种社会模式，还在自己的思想中建立了乌托邦，在虚空中开辟出精神的栖息地，使个体生命通过集体不绝而实现。这也体现了人类的整体精神和生存智慧。

但这些构想并没有解决人类集体想要解决什么的问题。也许人类清楚地知道吃不到明天的苹果，但也不希望精神的致幻剂即刻失效。人类要获得的可能是一个生存过程，不在乎目的的可靠性。从纷纷入世的生命可以看出，这些一次性的肉体在尽情地挥霍着生命，没有也不允许每个人有长远的目标。人们必须在短时间内把自己的能量挥发净尽，然后退出局势，让位给新人。集体的目的可能就是结伴而行，以便推进这些个体的更替过程，并在这个过程中让每个人都达到充分的自由和愉快。如是，这个世界还算是个可爱的世界。

归 隐 之 路

基督教教徒永远背负着肉体的原罪，在宗教之外，每个生命也都背负着肉体的原刑：即个体生命从出生的那一刻起，就被判处了死刑，缓期执行的时间不等。人生就是一个服刑的过程。在这一严格的自然规律面前，无人可以幸免。

若从时间的角度上考察人的踪迹，不难发现，人的从生到死，走的是一条归隐之路。赴死者数以万计，纷纷上世，然后走向寂灭，消失在过往的时间里。从未来走向过去，是个体的生命之路，从过去走向未来，是集体的生命之路。这其中似乎隐含着矛盾，个体和集体在相反的两个向度上前进，却表现为现世的平衡，这是时间留给我们的秘密。

假设有一个永生之人，他能够穿过时间的屏障向历史走去，他将发现众多的先人从坟墓里起身，回复为壮年和青年，回到幼年，回到婴儿甚至是一个受精卵，如此向前推演，他将看见人类的祖先，甚至看到地球上最早的单细胞生物以及组成原初生命体的氨基酸。这是向生命的逆向追踪，而实际上我们没有能力走到历史深处，我们只是在极其短暂的时间片断里蠕动，依靠众生之命的传递逐步归依到原始，最后隐匿在原子的运动之中。

由此看来，人类的归隐之路是悲壮的，连绵不绝的人群走在赴死的路上，并且毫无恐惧，大踏步向前，是何等的壮观。究竟是什么力量推动或吸引着人类，这样不计后果勇往直前，一点也不退缩？如果这不是集体无意识行动，就必有一种深在的目的，尚未被我们所认知。

个体的归隐与人类的集体狂欢并不相悖——因为总有不断的生者在平衡生命世界，使人类在总量上不至于因为逝者的增加而减少。这是从根本上对人类的心理慰藉，只此一点，就使人类有理由、有信心不断地登场，浩浩荡荡走进历史的远景之中，留下数不清的背影。

历史变得越来越厚，而现实是流动不居的，那么与历史相对应的未来又是怎样给人类以期许？我想在此窥探一下人类的未来。

精 神 未 来

所有宗教所瞩望的精神未来都建立在虚无之中。与历史相比，未来仅仅是一个可以预期但不可以进入的时间概念，永远不可到达。我们最多只能到达今天，准确地说是到达"此刻"。未来永远浮动在远方，对我们构成诱惑，又保持着不可知性。因此未来是一个悬念，在不断延伸的"此刻"之外，构成一道神秘的风景。

历史学家用反证法证明未来的存在。他们向后推导，或站在已经过往的时间里瞩望"今天"，证明历史可以向前延伸到某一时刻；神学家凭借他们内心的预感，不用推导过程就直接说出未来，并不需要实证和法律的支持；而科学家则需要所有变动不居的人和事件作为参数，求解一道多根或无解的方程，最终给出一个模糊的答案。在对未来的信念上，宗教是肯定的，它确信天堂存在，但不在"此刻"，而是在未来的某时某地；哲学家也预言了多种未来的社会形态，确信某种乐园的存在，为此他们提出了相应的模式，并指出了通往其地的道路。这些假说都存在一个致命的问题，即时间的长度问题。如果未来是紧接在"此刻"之后的下一刻，离我们不太遥远，我们或许可以期待，但若这个未来离我们过于遥远，需要无数个连续的不确定的"短期未来"作为过渡或支持，这个"远期未来"就值得怀疑。

但长期以来，以假设作为存在根据的"精神未来"，其存在的可能性却并未引起人们的疑虑。人们编造出种种理由以支持那些假说，把人类的集体幻觉建立在远方的蜃景之上。正因为它太遥远，无人可以凭借双腿或乘坐交通工具到达那里，它超出了人们证实和证伪的范畴，所以它的存在与否无法得到证明，也就无法对其否定。

　　因此，也可以说，"精神未来"不在我们的生活之中，它永远在生活之外，依靠人们的想象而存在。这一点可以从考古学得到实证。考古学家用镢头和铁锹从土中挖出了许多曾经信仰过神灵的古人，从腐烂的骨骼可以看出，他们死后被埋入土中，而不是生活在天堂里。此外，望远镜和光谱学搜寻了光年之远的天体，也只看到一些飘浮的星辰，没有发现天堂。

　　对于古人来说，我们所处的今天就是他们曾经瞩望的未来，而对于我们此刻生活着的人，未来在远处，不在"此刻"。生活可能永远处在"此刻"之中，"此刻"之前是历史，"此刻"之后是未来，到现在为止，我们没有发现亲身到过未来的人。

　　"精神未来"并不因为找不到证据而在人们的心中失去它的价值和意义，它作为一个梦幻永远保留在人类的心中。从生物学的角度看，人类不因信仰而生活，而是依靠肉体的复制和繁衍功能得到延续，因此在"此刻"之外多出一个"精神未来"也无关紧要。也许一种自我欺骗会演变为自我安慰，有助于人类的生存。这样，使得我们在死前一直抱有幻想，认为未来是美好的。而未来到底是什么样，谁也没见过。我在这里再说一遍，我们只能到达"今天"，无人能够到达"未来"。"未来"是时间上的一个"无限量"，永远在"此刻"之外。

2003年5月

生命的状态

没 有 未 来

在我们已知的生活现场，有天上和地下，有历史和现实，惟独没有未来。因为未来是永不可到达的。我们永远生活在今天。不用说遥远的未来，就是近在咫尺的明天也永不可及。有时我们以为穿过夜晚，就是明天了，而实际上我们所到达的仍然是今天。时间在推移，一个新的今天开始了，而明天仍然在今天的后面。未来永远在远方，可望而不可即。

未来不在我们的生活之内。它是尚未发生的历史，等待在时间深处。我们对于未来的任何预测都不能作为现实生活的依据。未来是个变量，处在无限多的可能之中，而现实只能允许我们走上其中的一条路。再说，以我们现在的思维方式预测未来也是愚蠢的，谁也无法准确地断言未来是什么样子，必定要发生什么事件。我们怎样发挥想象都不会确知未来的一切。

有时，我们相信未来，是因为它所蕴涵的一切还没有发生；而不相信历史是因为历史记述的失真。其实，历史的真相是无法改动的，能够掩盖和歪曲的只能是文字。

历史是已知的，而未来是未知的。时间在万物的生存中设置的最大一个谜，就是未来的不可知性。对于不可知的事物，最好保持缄默，否则一说就错。就像我们的祖先无法预测今天出现的许多新鲜事物一样，我们生活在今天的人们也同样无法预测一万年后的人将怎样生活，住在什么样的星球上，使用什么样的器械行走和娱乐。

再往深处说，生活也没有一个准则，谁也说不清人类应该怎样生活。我们所知道的仅仅是现实的表象。也就是说，我们知道生活是什么样，但我们不知道生活应该是什么样。我们凭经验认识到历史和现实，但未来却拒绝我们对它的猜测和推断，使妄言者总是遭到时间的嘲笑。

没有未来，使我们的生活缺少了一个重要的时间向度，在时空坐标上形成了偏重，但这并没有影响我们生活的稳定性和完整性，反而留下了更大的空间，使未来有机会不断来填充和完善。这是我们为自己也为时间留下的一条后路：在已知的历史和现实的尽头，留下这样一片空白，会使每一个有意参与的后来者有机会发挥他们的想象力和创造力。

生活的背后

在我们可见的生活背后，时间隐瞒了许多东西。世界所表露给我们的仅仅是一小部分，它把更深更大的历史堆积在我们身后。我们之所以看不见这些，是由于我们的姿势决定的，因为我们的生命只能向前，而不能转身或者回头。

宗教试图揭开生活之幕，为人类展示出生存的远景。它把死亡作为一个转折点，为肉体和精神指定归宿。但宗教均以短暂的人生过程来决定一个人未来的存在方式，它把人的善恶观制定为永恒的法则，为天堂和地狱立法。这不仅过于武断，也没有充分的实证能够证明另一个世界的存在。

在我们长期生存的地球上，生和死都统一在地球的表面，没有更高或更深的地方供我们居住。因此，我们宁愿相信时间所遮蔽的东西并没有丢失，而是就在我们的身后，在我们共同生活的泥土之上和泥土之中，离我们并不遥远。

现在，我们所关心的不只是生活的背后，而是一个人置身其中的广大人群，他们才是历史内幕中活跃的主体，也是生活背后的真相。但我们所身处其中的表象生活，对历史构成了遮蔽，或者说日常生活处在对记忆的不断丢失（或抛弃）之中，我们每个人——每个生命，得到的仅仅是局部，更多的东西散失在身后，被时间所尘埋。因此，生活在流动中布下了许多秘密，更远的事物演变为神话和传说，而真迹永远尘封在历史中，直到有人出现在所有时刻和所有地方，这些陈迹才能显现为原生态。

在生活的现场，我们需要一个闯入者，把生者和死者之间的幕布突然揭开，让各自都看见对方，各自都是一个庞大的群体，期间阻隔的漫长的屏障被瞬间蒸发掉，远景和近景和现实重叠在一起，距离消失了，人，置身在全体人类（包括生者和死者）之中。这时，人类不再有记忆，记忆已全部转化为在场的现实；也不再有背后和隐私，人类生活在透明的体制中。这时惟一的缺席者是来者，而来者正在不断地到来。我们不再是来者的远景，而是他们的父亲和兄长，是一些早些到来的人。

宗教没有建构出这样的全景，因此宗教是魅惑的。谁揭示了这一切，谁将因此赢得全人类和他自身的支持。

历史永远不在现场

一秒过后就是历史。

时间的流动性质确定之后，历史成了一个被动接受的过程。实际上，历史从来就没有过主动性，它只是对人类活动的紧密跟踪和记录。历史尽可能地在过往的时间里保持了生活的原貌，像一条流动的松脂河流，在席卷生命的过程中形成了琥珀，其中包裹着人类全部的秘密。

由于历史的被动性质，要求它为人类的行为负责是虚妄的。历史不会超越生活，它永远比生活迟到一步，在事件发生之后到来。因此，历史永远不在现场。既然历史不在现场，那么它所记录的事件，其真实性就值得怀疑。

这里，我引进"亚同步"这样一个词，来讨论历史与生活的距离问题。假设历史处于现实之后，与现实之间只有大于零而小于一秒的时间差，几乎是同步进展，那么，历史就有可能接近现实，但又永远不等于现实。我把这种无限接近称为"亚同步"，但"亚同步"只能解决无限接近的问题，与现实还是无法绝对相等。

正是历史与现实之间接受挤压的那段无限小的时间，使生活保持了自由的姿势，不被厚重的历史所覆盖。假如历史在场，与现实同步或重叠，生活就将受到压迫，或被历史干预，导致现实变形。

现实是一个硬性的指标，夹在过去和未来之间，即粘连又独立，不可淹没。因此历史和未来永远不可能等同于现实。历史和现实不同步的结果是，我们做了什么，历史才是什么，现实永远处在创造的位置上，是自己命运的主宰，而不被其他所左右。

现实的硬度决定了历史的硬度。我们可以设计未来，但我们无法改变历史。正因为历史永远不在生活现场，所以它拒绝了回访者，保持了自身的纯洁性。同时，历史的这种不可接近性，也使我们永远无法接近历史的真实。

真实的历史藏在时间和空间中，无法再现和重复。语言和文字所记录的只是历史的皮毛，甚至是假象，不是历史本身。穿越历史的最佳方式是经历现实。因此也可以说，现实是历史的原本。你经历了现实，就可以为历史作证。

生存的悖论

就集体而言，死亡跟在人类的身后，我们回头看去，身后全是死者，像是在死亡的追逼下进行一次集体大逃亡。而就个体生命而言，死亡站在人的前面，一个人即使活到百年，也终究跨不过死亡这道关，所以说个体的行动无疑是一次主动向前的赴死过程。这样一来，集体和个体的死亡方式就处在矛盾之中。一个是回头无路，被逼而逃生；一个是面对拦截，迎死而上。前后都是死，其死亡的方式却截然相反。

背对死亡与面对死亡，恐怕不只是一种生存姿态问题，而是关系到个人和集体的命运。有两个问题，我们必须要考虑，一是人类不死，一是个人必亡，这是生存悖论的关键所在。我们用逆向思维可以演化出这样一种运算方式：因为人类必须活下去，所以在死亡的追赶下，必须集体大逃亡。正因为大逃亡，人类才活到了现在。而个人则不同，在身前和身后的巨大死亡压力下，人生被压缩在百岁之内，在无法超越大限的前提下，主动迎向死亡，倒不失为一种无奈而勇敢的选择。

死亡挟持了人的生存。无论怎样去看，死亡都在挤压着我们的生存空间。面对历史中成片的死者，我们不能不感叹人类集体的悲壮；面对必死的结局，我们又不能不承认个体生命的执着。在死亡的夹缝里求生，无论如何，人生都是一次历险。

如果说人类集体的逃亡和个人的死亡是被动的行为，那么与之相对的人的大面积出生却是主动的反抗。人们站出来直接与死亡宣战，并且在持久的对抗中略有胜出，表现出人的生存智慧。所有坚持到今天的物种都是如此。生命在同一的背景和规律下，走着一条又死又生的路，一路上留下了数不清的尸体。而对抗还在持续。只要还有生命不断出生，死亡就将不断继续；同样，只要存在着死亡，生命就将以不断的出生与其对峙。死亡作为一种强大的刺激，把人类从悲哀的记忆里拉出，推到生存的现场，迫使我们战斗。从生存的意义上说，死亡是个人的牺牲，是对集体的持久的保卫战，只要物种还存在于世，我们所付出的代价就是值得的。

　　但死亡究竟是一种什么东西呢？它是生命之外的强敌，还是生命体内生出的反抗自身的物质？为什么会有死亡？我们只能看到具体生命形态的消亡，却没有见过具有独立形态的死神。但有一点可以肯定，死亡是一种暴力，是推翻个体生命的看不见的力量，像空气一样潜入生者体内，最后与生者一起倒下。

　　至今，我们还没有弄清死亡究竟是怎么一回事。如果死亡是阴影，我们宁愿把它甩掉；如果死亡混杂在空气里，我们可以拒绝呼吸；如果死亡与生俱来，我们甚至可以拒绝出生……但这些都不容易做到。现在我们只能承认死亡的存在，并与它战斗到底。这也许就是人的命运，也是所有物种的命运。

万 物 无 主

盘古以身化为万物之后，万物诞生。从此，盘古不再是一个具体的个人，而是成为所有的人，所有的物种和山川大地。主隐身于万物之后，主即众生，万物无主。反过来说，你自己就是自己的神，你即是神的后裔，也是神本身。

与西方的宗教不同，东方的传说把神降低为肉体，通过每个人的身体传播神性。这是一个可以触摸的群体，你在，神就在；你不在了，神依然在，并且无处不在。所谓无主，是说主神不在某个高不可及的地方隐藏着，监视着我们的行为，而是全方位进入生活，活跃在每一个生命体内。在人的身上，他就是人；在昆虫的身上，他就是昆虫；在山川中他就是岩石、流水和草木。

万物无主，是对神权的分解，从而建立了个体的生存权，人权就是其一。人权不是要求谁来赐予，人权是天生的，是自由、平等的。主神解体之后，人必须自己掌握自己的命运。为自己负责，就是为主负责。生命获得生存权以后，物种才有了进化的可能，否则，我们这个世界不会存在多样性。

神权分解以后，多种生命共同承担了世界，对所有生命的尊重成了生活的最高准则。神的统一性转化为生存的同一性，万物开始了演化和循环。无主之后，世界并没有失序，而是更加和谐，物种在生存过程中建立起各自的秩序，相互制约、依存、平衡，进而发展。

从生存现实看，我们已经习惯于没有管束的、没有强制性惟一法则的生活。我们过得挺好。如果有一个人在我们的上方指手画脚，说东道西，我们反而无所适从。既然生存是我们自己的事情，就让我们自己做主。盘古可能就是这个意思，他创造了我们，就必定信任我们，他知道我们能够自己做主，不负他的重托，因而才放心地隐身在万物之中。

现在，除了我们自己，不存在别的上帝。

谁是最后的那个人

对人的终极追查应该是双向的，一是逆向追查已经出生者，找到人的祖先；二是顺时追查未出生者，找到最后的那个人。

追查个人的生命历程比较容易，从人之初到人之终，大多不过百年。个人的生命历程应该从受精卵算起，而在受精卵之前，个人的生命信息分别存放在两个人的身上，即男人和女人身上。因此可以说，人是自然合成的结果，在合成之前，人是分离的。人的生命信息的分别存放加重了性别的意义，由于单性不能独立繁殖后代，使男和女都变得重要，缺一不可。自然法则没有简化掉这种合成的繁琐性，必有它的合理性。也许是人的生命太重要了，需要两性来分担？也许是为了生命演化，避免个人的重复，因而增加了必须经过男女双性的交合才能生成新人这一项？人的生命为什么需要这样，我们还不清楚，我们只能推测，还没有一种可信的说法和定论。

若要追查未生者，找到最后的那个人，可就太难了。对于当下而言，未来是一片干净的无人区，我们不知道谁将出现在那里，也不知道未来究竟有多少人，岁月有多久。未来是一个广大的未知领域。我们回望历史时可以看到芸芸众生，而眺望未来时则感到一片虚空，空无一物。未来深不可测，不像查阅历史那样一目了然，可圈可点。

由于未来的不确定性，对人类全程的考察就变得扑朔迷离。人类的总量无法统计。身为一个不知总量的物种，我们就不可能知道自身的处境。古人曾经发问："今夕何夕？"他们不知道今夕是何夕，我们也不知道今天究竟是什么时候，离终点还有多远。世界上，只有一个人能够看见人类的结局，那就是终结者，即最后的那个人——即使他不能收场，了结人类的残局，也将目击人类退场的全过程。只是他出现时，我们这一代人早已经死去。

看来，对人类的双向追查只能是我们的妄想，也许永远无法实现。我们只能考察已经出生的个人的历史，或是通过技术手段深入到组成人体的分子内部，找到人的最基本的组成部分和遗传信息，从而发现类与类之间的微妙区别。但从广大的时空意义上说，生命还是一个悬念，其始不详，其终亦茫然。究竟谁是最后的那个人？他（她）将何时到来？我们作为人类中的一个传递者和过渡者，永远无从知晓。

减 法 生 存

人类的生命谱系是一种收缩结构。每一个单独的人都需要两个人——男和女——来生成。这种二合一的生成方式是一种减法生存方式。每个人都有一父一母，而父又有父母，母又有父母，以此上推，一个人的后面就有一个庞大的族群，个人处在族群的终端。如果这个处在终端的人也将作为父或母而延续后代，他（她）就会成为族群谱系中的一环；如果他（她）不娶或不嫁，他（她）的族群链条将在他（她）这一环节上发生断裂，就此终止。

既然人的生命收缩性如此之强，人类为什么没有在生存过程中灭绝，反而在逐年增加人口呢？这是人类乃至所有物种繁衍的关键所在。每一个生命个体与异性结合后，都尽量生出更多的孩子，以便抵抗这种收缩性。这是一种大的生存策略，有效地遏制了人类的收缩和消亡。

与族群的生命结构相一致，个人的生命也是一种减法生存。一个人出生后，生命会随着时间的增加而缩减。当你把属于自己的时间用完后，个体的生命即告终止。在这里，时间担当了法律，约束了我们的身体，使我们不敢到生命的外边去活动。若从虚无的观点出发，身体是一个累赘，待我们耗尽了体内的能量，也就是卸掉了包袱，减掉了多余的部分。时间和能量会在同一点上集合，切断我们的去路，并通知我们：你到站了，你必须出局，你将从此一无所有，包括你自身。

从各种角度上看，减掉拖累都是必要的。连带着庞大的族群赶路，无疑是一种拖累。为此，人类大力裁减冗员，断然去掉了病人和太老的人，以便轻装前进。为了方便，人们又各行其是，独立存在。

一个人离开母体之后，就宣告了独立，成为"个人"。一个人的身前，至多存留三四代人，不会有太远的亲族老人存世。这都是为了减少牵连，保持生命的活力。人类宁可抽刀断祖，也不愿拖累自身。因而尽可能地减而又减，把该淘汰的一切统统去掉，绝不留情。

减法生存法则剔除了人类中陈腐的部分，是一种积极的生存策略，有助于总体的进化和发展。减法生存，并不是我们数典忘祖，而是尊重了先人的愿望，没有辜负他们的一片苦心——以自身的隐退而把生活让位于子孙。

我们也会这样做的。生命的程序早已设计好了，代代相传，我们只要照章办事就行了。我们退去的时候也将毫无声息，不留回旋的余地。

但在生存史上，人类还是留下了大量的遗物。从人类生存结构图中可以看出，一个人的身后，留下了庞大的遗址群。父母以上的先人全是我们身体的遗址。若想进行人体考古，根本不用去挖掘骨殖，我们鲜活的身体就是最好的标本，内中携带着先人的全部信息，也许从一个细胞中就可以找出人的万代家谱。

生命的背景是如此广大而深远，让我们震撼。我们回头看去，族人浩繁，不可胜数，无穷无尽。在此，我恍然意识到，我不是孤立地存在于世，上溯远古，所有死者也许都是我的亲人。

2003年8月19日

第五辑　答非所问

关于诗的笔谈

□ 陈 超 大 解

陈超：闲话少说，既然是笔谈，我就单刀直入，请你回答一下有关诗歌创作的几个问题。近几年，我在刊物上陆续读到你的一些短诗，诗中透出许多飘忽不定的成分，并与现实生活拉开了一定的距离。可否认为，这是你诗歌创作的转变？

大解：其实，我的诗中一直有一些飘忽不定的东西，只不过现在更强烈一些。我有一种与众不同的观点，我认为现实是最靠不住的。时间的流动性决定了现实的性质，永远处在历史和未来的湍急的夹缝里，没有稳定性。因此，建立在这种现实基础上的当下生活，必然是在短暂的流程之中。既然现实是不可靠的，我们所沉浸其中的当下生活就不可能可靠。与此相比，历史和记忆沉积在时间里，越来越深厚，却成了我们可以挖掘和重现的可靠资源。由于历史永远不在现场，我们所写的东西也就不可能绝对真实；而记忆带有许多主观性，去掉丢失和强加的东西，其真实性已经所剩无几，我们所写出的东西更不可能接近绝对真实。这就决定了我们写作的性质，永远在去伪和证伪之间，我们的诗中也就必然带有一些飘忽不定的因素。这是诗的性质决定的。有时候我写身边的琐事，也时常有一种游离的力量把我从现实中拉开，并与现实构成一种呼应。有时候，我倒是愿意与现实拉开一段距离，这样，不断流变的现实就会蜕变为远景，反过来映照我们的生存，使我们既有所凭依，又能从中看到更加深远的东西。

陈超：你认为当前诗歌对于生活的介入程度如何？

大解：我认为汉语诗歌从来没有像今天这样近距离或等距离地贴近生活，甚至可以用"介入"这个词。自从诗歌逃离开意识形态的约束以后，诗歌向个人的回归甚至走到了另一个极端。由于过分强调个人属性，生活已经被分解为具体的每一个动作，其在场性和亲历性达到了前所未有的程度。这样发展的结果是，诗歌往往陷于琐碎动作的纠缠之中，难以展开和飞翔。虽然强化细节确实丰富了诗的质感，变得血肉鲜活，却也容易因情节过细而造成个人在自身中的深度沉沦。我不反对个人经验和视角向下、向内的写作，但我主张灵活性。把个人以外的人群纳入视野，你会发现个人与整个世界的关系，个人与前人和后人的关系，人与自身的关系，人与生活的关系，人与死亡的关系等等。我们站在自身的立场上，稍微抬起一下眼皮，就会看到无限的景物。因此，写作的姿态往往决定作品的走向，而对生活的理解方式也会因此而发生变化。

但诗和生活不是简单的对立与和解的关系，也不是非此即彼的关系，而是一种纠缠不清的、说不清道不明的关系。有时候，我真是觉得生与死的界限都非常模糊。对于那些已经去世和尚未出生的人，我把他们称为真正的隐士，他们不在我们的生活之外，也不在其中。我所理解的生活应该包括他们。当我写到我们和他们时，我的诗就是恍惚的，我无法把我们和他们的真实处境写出来。生活总是隐藏起许多秘密，让我们永远也看不透它的实质和全部。而这正是诱惑力所在。

陈超：我记得你在一次诗会上提到过中国新诗的精神走向问题，请你再详细谈谈这个话题。

大解：我是谈过这个话题，并写过一篇短文，在此不妨引录一下。

自朦胧诗发端以来，汉语诗歌在外在形式上越来越开放，而且各种流派和风格都产生了许多优秀作品，但在整体精神大势上却形成了一个从历史意识到生命意识再到身体意识的不断内敛的过程，因此近二十年的汉语诗歌正处在一个精神意义上的内敛时期。

1979年前后出现的朦胧诗以强烈的历史意识和社会使命感从文化专制话语中挣脱出来以后，汉语诗歌获得了形式和精神的双重解放。与"文革"时期整整一代人围绕意识形态的写作相比，朦胧诗也是以群体的方式进入历史的。它的积极意义不仅仅是作为一代人的集体觉醒，更重要的是进而产生的人的自我意识的觉醒。人逐渐从群体中分离出来，意识到个人的存在。这是诗歌精神从群体到个体的一次向内的收缩。

到1989年前后，自我意识的不断加深所产生的收缩力使诗歌逐渐排除了负担，甚至卸掉了使诗歌受累的沉重的历史使命，使诗在不断纯化的过程中减轻了体重，越来越走向对个人命运和心灵史的关注。这次减负的过程没有使诗在自我意识的基点上向外膨胀，而是进一步走向了对于生命的终极关怀和深度省察，形成了持续时间较长的生命意识阶段。从自我意识到生命意识是诗歌在精神上的第二次向内的收缩。

随着生命意识的不断深化，人的自恋情结演化为对自体的沉迷，它所带来的结果是人向本体的深度沦陷，诗歌所关注的已不仅仅是精神意义上的人，而是开始注意自己的肉体和感官，强调此在的价值和意义。由于对身体的重新认识和理解，诗歌进入了正在发生的事件现场，处在生活的流程之中。这种对生活的微观进入，使诗歌成为日常琐事的记述工具，进而走向了形而下的极端。这样做的结果是，诗歌看上去显得轻巧、机智、质感强烈，但也容易沦入琐碎和平庸。这是汉语诗歌自身运动的结果，它的生成和发展都是必然的。到上个世纪末，汉语诗歌对于形而上的反动，使诗出现了"下半身"意识和以此为标榜的写作群体。当"下半身"这个名词出现时，不管其文本价值和写作成就多大，从诗学意义上说，汉语诗歌的精神解构已基本完成。诗歌不仅从精神回到了身体，而且分解到具体的部位，人被解析为肉体和本能。到此，诗歌完成了精神上的第三次向内的收缩。

三次向内的收缩过程，在短短的二十年时间内完成了汉语诗歌从现代意识向后现代意识的转变，让人惊奇。因为汉语新诗与传统的格律诗断裂开来以后，健康发展的时期还很短，甚至还来不及建树，就进入了解构时期，其过程和速度是急促的。随着后现代意识的传播和深入，诗歌作为急先锋开始了它的运作。在三次收缩（或者说精神内敛）过程中，人逐步退居到生物属性，已成为普通的生命存在，这是人们从意识形态（精神）向生命本体（肉体）回归的一段历程。

现在还难以准确预测收缩之后的诗歌发展方向，但让我们明显感觉到的是汉语新诗的求变心理还将推动新的潮流，沿着自身的规律发展下去。在精神意义上，无所谓上升和下沉，因为诗歌所要求的不是定性和定量的进步，而是变化。

陈超：你的诗中，口语的使用率不高，但这并没有影响你诗歌的语言表现力。现在，口语在诗中已经普遍，你认为口语对汉语新诗的贡献如何？

大解：首先，我赞成口语写作，尽管我用的不太多。关于口语问题，我们必须从根上说起。汉语诗歌从《诗经》开始，一直在沿用书面语言。这样做的结果是，我们的语言和言说一直处于分离的状态，没有达到统一。尤其是汉字的高度浓缩性质，其单字的意义含量极大，由这样具有高度浓缩性的书面语言所构成的诗歌，在体式上越来越收缩。楚辞，唐诗、宋词、元曲，形式上越来越短小，框子也越来越紧，很难放开手脚。五四新文化运动以后，汉语诗歌获得了形式上的解放，但与口语还有一定的距离。到了当代，口语在诗中的普遍运用，才从真正意义上使书写和言说达到了统一。现在，我们可以怎么说话就怎么写诗，这在中国历史上还是第一次。而我们的少数民族由于书面语言发育较晚，却因此而受益，没有受到这方面的约束。因此，藏族、蒙古族、柯尔克孜族等少数民族，才得以出现记述历史和传说的英雄史诗。

可以说，口语对于诗歌的贡献，具有开创性的意义。其结果是，使叙事成为可能。可不要小看这一点，这对我们的诗歌传统是具有颠覆性的。因为我们前人的所有诗歌遗存几乎全部是抒情性的、片断的，其叙述性的缺席和软弱，使汉语诗歌没有在历史事件和社会生活的记录方面担当起责任，也因此而把史诗排除在汉语之外，这不能不说是历史性的遗憾。口语的出现，是新诗的第二次革命，其意义还将在今后的发展中不断地显现出来。

我个人写作也在使用口语，只是还不彻底，这是个习惯性问题，但我已经意识到口语的重要性。因为口语对日常事务的描述能力是强有力的、同步的，这也正是我所需要加强的地方。

陈超：你的《悲歌》中的叙事成分，是不是得益于口语对于叙事功能的加强？假如让你重写一遍《悲歌》，你将写成什么样？

大解：我的《悲歌》在整体上是叙事性的，但在局部顺应了情感的流动，许多地方还带有抒情的色彩。可以说我是口语的受益者，如果没有新文化运动，没有口语对诗歌的冲击，我很难想象用旧体诗的形式会把一部长诗写成什么样子。你说让我重写一部《悲歌》会是什么样，我想结构上不会有太大的变化，可能在语言处理上会有一些变化，细节再细一些，再丰满一些。

　　陈超：《悲歌》第二版中增加的《悲歌笔记》部分，所谈的大多是些哲学问题，这些是在写作《悲歌》之前的想法，还是后来的发现？

　　大解：绝对是后来的发现。《悲歌》写作之初，我只是按照合理的原则搭建了结构，并没有想那么多。但在出版之后，我发现了结构中所蕴涵和生成的东西，所以我在《悲歌笔记》中所谈的都是一些结构性的问题。在小说和戏剧中，结构是非常重要的东西，是司空见惯的，而在汉语诗歌中却很少使用。这主要是我们的诗歌性质决定的。我们的汉语中，少有结构完整的长诗，而短诗根本用不着结构，所以，解析一首短诗，可说的话是有限的。长诗就不同了，结构中所蕴涵的东西无穷无尽。我只是试着写出了我自己的一些看法，虽然很粗浅，但我觉得还是有话要说。我要说的是，结构在诗中的重要性。

　　陈超：现在，你也算是中年人了，你认为中年写作与青年时期的写作有哪些明显的变化？

　　大解：虽然我不服气，但在年龄上说我已经是中年人了。年龄在写作中还是有些微妙的变化。比如近些年的诗中，情绪化的东西少了，经验性的东西多了，尤其是对生命和身体的体验、对存在的深度探究多了一些，更关注人性以及人与自然之间的关系。在我的青年时期写作中，这些成分不多；现在的写作可能带有中年性质吧。

陈超：听说你在1973年就参与过民间杂志的创办，我觉得这段经历很有意思，可否说说这段历史？

大解：1973年，我高中毕业后在家务农，当时我们同一个公社的六个青年农民，创办了一个名叫《幼苗》的杂志，我是参与者之一，主创人是詹福瑞（现为中国国家图书馆馆长）和王进勤（现为秦皇岛市某局局长）。他们俩是一个村的，创作的时间也早，当时就小有成就。其他四人分属四个村。《幼苗》第一期共印四册，是刻印版，每人出资两角钱。后来印数增加到几十册。《幼苗》一共出过四期，詹福瑞上大学后停刊。

现在想起来，那段经历非常难得，当时我十六岁。十七岁那年，我父亲单位里一个叫向彩林的女士，听说我写诗，主动借给我一些书，是歌德的《浮士德》（郭沫若译）、《普希金文集》、《莎士比亚戏剧集》、《海涅诗选》、《泰戈尔诗选》，在当时的偏僻山村，能读到这些书是个奇迹。在此之前，我只读过《千家诗》。可以说，这些书对我影响极大，构成了我最初的文学营养，也影响了我的生活轨迹。后来我上大学后，一直没有放弃过文学创作，致使我这个学习水利的人，改从文学编辑工作，一干就是二十多年。不然，我现在将是一个水利工程师。

2005年

关于《傻子寓言》及其他

——答中国新闻网记者问

"精神上的背叛"？

记者： 从长期从事诗歌创作，到近来密集出版小说和寓言，这是您个人写作生涯中创作成绩的集中爆发，是否也透露出您创作的转型？请问您"跨领域创作"的原因是什么？对您钟爱的诗歌而言，是否可以说是一种"精神上的背叛"？今后又将侧重在哪方面投入创作精力？

大解： 从1971年开始学习写诗，到现在已经四十年了。用人生的尺度来计算，四十年可以说足够漫长。写到如今，我在诗歌上虽无什么建树，倒是没有感到惭愧，因为汉语诗歌的转变和进步要依靠集体，甚至是几代人的努力，不是哪个人可以独自承担。我作为其中的一员，读了，写了，尽力了，没有什么遗憾。

近期出版的小说和寓言，看似意外，实则必然。因为我早就有一种想法，想打破诗歌这个体式的外壳，把它内在的能量挥发出来，在其他的文体上体现出诗性。为此，我做了一些试验。2010年10月出版的小说集《长歌》就是试验品。写完小说《长歌》以后，我有了自我发现，意识到自己还有诗歌之外的潜能。从诗歌到小说，从小说到寓言，对于我来说，这些转换之间有一种内在的联系和共同的属性，即诗性。援引作家李浩的话说：“这篇小说与我们所习惯的、当下的小说有着相当的不同，也区别于西方现代小说。在《长歌》中，充满了可以被我们称之为‘异质’的东西，它或多或少，对我们惯常和习见构成的审美造成了冲击。”他所说的这个异质性，可能就是其中的诗性。我的小说是我诗歌的延伸，我的寓言是我的小说的延伸。2011年1月出版的这本寓言集《傻子寓言》，也可以说是拆散的小说，每一篇都是碎片，却完整而自足，在寓意和结构中体现着诗歌和小说的双重属性。可以说，我的创作转型是一个渐进的过程，每次转变都与诗有关。因此，我不仅没有在精神上背叛诗歌，而是带着诗的TNT，对其他文体进行了入侵。今后，我可能会在诗歌、小说、寓言中穿梭，如果我有足够的能力，或许还会整合它们，创造出新的东西来。未来的事情，现在还不好说，走着看吧。

“读者很受伤”？

记者： 新近出版的《傻子寓言》虽极为荒诞，却是滑天下之大稽。作者虽自嘲为傻子，却是现实中难得的“报警的傻子"，读者读完之后却发现了很多傻子早已看穿和早众人而笑的东西。请问假如"读者很受伤"，您该如何解释？

大解：《傻子寓言》不仅荒诞，简直就是扯淡。说实话，我自己都感到可笑。这些寓言，与传统的童话和幽默故事不同，我不绕弯子，不卖关子，也不抖包袱，我要直接进入主题，从理性出发，然后穿透理性，走向非理性，到达生活的背面，以此来揭示那些被日常事务所遮蔽的东西。这种思维方式决定了这些寓言的属性，比荒诞要赤裸，它的反常和去蔽过程，就是接近事物真相的过程。这对读者的阅读惯性是一种颠覆，让你看到生活中一直存在，或者可能存在，而你却一直没有看到的东西。在这些寓言中，傻子这个人既是作者的化身，也是傻子本人。他的傻，正是他不同于常人的地方。他超越常理，比无厘头更进一步，其夸张、讽刺和自嘲，达到了扯淡的程度。他异想天开，天就开了。他超越自我，就成了他人。他质疑存在的合理性，他站在人的对面剖析人，他出入于现实和虚拟的世界如履平地……在傻子看来，世界所隐藏的部分，甚至大于整体。在此逻辑下，真理也许在荒谬中才能体现出全部。如果哪位读者看到《傻子寓言》以后感到很受伤，我觉得这样的读者一定很可爱，他一定不傻。

"颠覆中国人想象力"？

记者：有读者看了《傻子寓言》之后说您"有点颠覆中

国人想象力僵硬的企图"，您如何看待？写作初和写作中是否有这方面考虑？

大解：我们的民族历史和当下时代，由于曲折和多难，文化中积累的大多是些厚重和悲悯的东西。这些沉重的、载道的书写作品，作为正统的文化传播，一直压得人们喘不过气来。因此，我们这个民族的幽默感被压缩在极小的空间里，没有得到成长。尤其是在现代文学作品中，由于对现实主义的过度强调，使得人们浸淫在泥实的生活中，灵魂的翅膀非常疲软，甚至失去了飞翔的能力。

我的寓言作品，确实有些离谱的东西，甚至极其荒诞，超出了人们的阅读习惯。在写作过程中，我并没有想那么多，没有故意颠覆人们想象力的企图，我只是服从了心灵的意愿，随性书写，却可能在无意间触动了人们的神经，在人们熟悉的阅读惯性中增添了一种不同的声音。我觉得靠这一丝微弱的弦外之音，不可能引起黄钟大吕，也不会颠覆人们重如泰山的文化沉重感和使命感。

在文化机体中，思想从来都是软的，僵硬源于历史的硬度。如果我的这些碎片式的小幽默真的进入了读者的心灵，进而生成一些笑容，那一定是读者参与了再造和重构，激活了自身的细胞，构成了他自身的生命元素。

如此说来，颠覆是一种互动，我只是提供了激素，起到了一些刺激的作用。

寓言的"中国制造"？

记者： 本土的、当代的、集大成的寓言已经式微或者罕见，而您却反其道而行之。有人评价道"大解这本《傻子寓言》的出版，让我们看到'中国制造'或许有成为'中国创造'"，您如何评价自己的"冒天下之大不韪"？

大解： 大家知道，中国古代寓言是我们历史文化中的宝贵遗产，许多脍炙人口的篇章至今让人铭记和传承。而这一精短而幽默的文体，其成就一直属于古人，并没有在现代文学中得到继承和体现。我们日常所接触的寓言作品大多是《伊索寓言》《安徒生童话》《格林童话》等西方寓言故事，本土的、当代的、集成的寓言一直是个缺失。但我没有文化建构的野心，我只是在写诗之余，偶尔写了一些荒诞的小故事，越写越觉得好玩，就写了一批这样的作品。我尝试着站在当下的立场，把现代人生存的紧张、焦虑、荒诞和无聊，以轻松、幽默的方式表现出来，写多了，就结集为《傻子寓言》。

这些寓言大多是取材于现实的小故事，异想天开，海阔天空，包括政治、经济、文化、历史、现实、宗教、地理、天文等等所有领域，几乎就是一个万花筒，涉及人类生存的各个方面，全方位地展示了当下人的生存境遇和精神现状。尤其是对人性和灵魂的追问，对历史与现实的反思，对自然和生命的广义探索，具有较宽和较深的哲学意义。

如果仅仅是通俗、幽默、好玩，没有震撼心灵的力量，还不能体现我的努力。在这些寓言中，我尽量从普通的日常事务入手，试图发现和探索事物的核心，甚至穿透生活，找到生活中的非理性，还原存在的各个侧面，甚至解构和颠覆现实的属性。而这一切，落实到故事的情节，则体现为荒唐和不可能性。我努力把精神能量转化为具体的细节，开启或者划破你的心灵，但不构成伤害。我的主导思想是，这些故事无论涉及多么广泛，思想多么尖锐，情节多么离奇，都始终围绕着一个轴心——人与人性。我觉得离开了人这个主题，文学就会失去价值和意义。

至于说"中国制造"或"中国创造"，我真的没想那么多。在我的阅读视野中，这本书确实是原创性的当代寓言。如果我在不经意间"冒天下之大不韪"，穿越时空与历史完成了对接，那也是歪打正着。一个诗人写了四十年诗，几无建树，却在寓言这个文体中找到了一些感觉，这本身就可以构成一则寓言。

缘何获得两大核心诗刊年度大奖的青睐？

记者： 欣闻您最近同时获得《诗刊》《星星》两大核心诗刊的"2010年度诗歌大奖"，也预示着您在诗歌、小说、寓言等领域迎来全面丰收。您认为获奖主要原因是什么？对于接踵而来的荣誉，您如何看待？

大解：2010年前后，确实是我的收获之年，我先后出版了诗集《岁月》，小说集《长歌》，寓言集《傻子寓言》。最近又先后接到两个通知，获得了《诗刊》和《星星》这两家诗刊的2010年度奖。这无疑是对我以往诗歌创作的肯定和鼓励。说实话，近些年我对某些诗歌奖项已经不感兴趣，但这两家核心诗刊同时把年度奖给了我，我还是有些感动。我真诚地谢谢他们，也谢谢评委。

近些年，我离诗越来越远了，诗写得很少，但我得益于诗的东西越来越多。当我从诗中走出，从事小说、寓言、散文随笔等创作时，我时时感到诗性的存在。正是那些不可名状的东西，给了我无限的向度和广度，让我领略了文学的魅力。如果把文学比作身体，诗歌就是其中的灵魂，甚至是精神总量。我尝试着把诗引向其他领域，扩展它的外延，在多种文体中体现广义的诗性。尽管我的能力有限，只能表现很小的部分，但我依然保守着自己的信心，并为之努力。在我的生命里，与诗歌结缘并持之以恒地坚持到如今，是宿命，也是我的荣幸。

作为一个诗人，我赶上了汉语诗歌稳定的发展时期。从整个人类的进程看，继工业革命之后迅速来临的信息时代，把近万年的农耕文明推向了远方，一个全新的时代已经到来。中国正处在一个经济高速发展、社会转型、民族活力和自信心上升的时期。汉语诗歌顺应时代的变化，在近百年的时间里完成了新、旧诗歌体式的转变，把自由体诗歌推上了前台。随着社会的转型和进步，新诗作为一种文化元素，在经历了起伏跌宕之后，逐渐从生活的主流中退出并走向了边缘，回归到相对纯粹的艺术领域。这样的写作背景，给当下诗歌提供了深广的空间和足够的精神资源，同时也获得了艺术探索的可能。经过几代人的不断努力，汉语诗歌在成熟。

可以说，新诗没有辜负这个时代。当下诗歌对于生活的介入，已经到了同步的程度。随着口语的应用，书写和言说正在趋于统一，新诗的叙事功能也因此而增强，诗歌的自由度在加大，具有了历时性和饱满性。因此，就其表现力而言，没有什么事件能够处在诗歌之外。我曾尝试性地写过叙事长诗《悲歌》，也曾努力在短诗中叙述完整的情节，努力把情和境统一在一起。尽管如此，我依然在想，诗歌还应该有它更加广泛的外延和渗透功能，在文学的其他领域里彰显其魅力。为此，近几年我走出诗歌，做了一些试验，试图在小说和寓言等文体中体现出诗性，我的努力效果如何，将由市场和读者给予回答，同时也接受时间的检验。

我在想，诗歌不仅是一种文体，它可能是一种能量，一种气质，无论以什么样的形态表现出来，都能体现出内在的光芒。如果说我所释放的东西超出了诗歌，甚至大于我的生命，那一定是诗歌帮助了我。因此，我要感谢诗歌。

至于获奖，那是创作之外的事情。我的每一部作品，都不是为了得奖而写。我把奖项当作是文学界对我的肯定和鼓励，而不当作荣誉。我不喜欢顶着奖状过日子。得奖了也并不说明我的作品就比他人的作品绝对出色；同样，我的某些没有获奖的作品，我也不认为逊色于他人。奖项不能说明一切。一个作家、诗人应该看重自己写了什么，而不是得了什么奖。

"现实是最靠不住的"？

记者：您曾说过"我认为现实是最靠不住的"，但歌德也曾写过"谁锲而不舍把目光盯紧时代，／他才可以议论，才配写出诗篇"。请问在扎根现实和游离之间，您如何平衡两者关系，又从中获取创作灵感和素材？

大解：歌德说得没错，"谁锲而不舍把目光盯紧时代，／他才可以议论，才配写出诗篇"。我们的汉语诗歌，从未像今天这样深入现实，与生活同步，甚至以精神矮化为代价，低于生活，甚至低于身体。作为诗歌探索者，我也曾降低高度和视角，试图从现实出发，找到这个时代里人们生存的精神核心。我从历史、未来、理想、思想、信仰等多个方面考察过当下诗歌的精神内核，发现这些最基本的、重要的维度全部缺失。当下诗歌除了现实，再无立足之地。那么现实的属性又是怎样呢？我认为现实是最靠不住的。从时空角度讲，现实处于历史和未来之间的一个流动的夹缝里，一刻不停地向前移动着，没有丝毫的稳定性。现实太短了，一秒过后就是历史，而未来又总是近在咫尺，却无力达到。现实是世间所有当下事件的总和，过于庞大，没有核心。我们只能处于现实的一个点上，而无法把握到瞬息万变的现实总量。一个不可把握的东西，就是靠不住的。再往深里说，在我们这个有效的生存空间里，生活就像是一个无法平衡的跷跷板，现实这一头沉得太低，未来、理想、信仰等等由于其空虚和轻飘而跷得过高。在这两者之间，更加让人焦虑的是，我始终没有找到一个可靠的支点。

尽管现实的属性如此，我们必须基于现实而生活，因为我们没有另外的选择。现实是我们唯一的立足之地。基于现实，我曾试图在诗歌中建立个人乌托邦，把语言的现实移植到人类的集体幻觉中，却发现语言大于现实，甚至淹没了世界。在语言的现实中，个人不仅在人类中迷失，连自我也变得模糊和可疑。基于现实，我也曾通过小说深入人类的记忆，却发现历史并不僵硬，时间保存着鲜活的文化机体，但它封闭了我们的归路，并随着时间在不断地退向远方，已经成为我们深远的生存背景。基于现实，我还尝试通过微小的寓言来打碎整体性结构，在碎片中探寻个人的文化基因，却意外地发现了现实中隐蔽的非理性，像暗能量一样充斥在生活的各个层面，却不被我们看见，我们在突然打开的深度空间里变成了盲人。也就是说，我们从现实出发，不管走多远的路，不管发现了什么，最终都要回到生命现场。也许我们从来就没有走远，现实也从未躲避，远方只是一道莫须有的风景，只可眺望，却没有人可以亲历。那么，为什么我们生活在现实中，所要寻找的东西都不在现场？我想，也许现实只呈现出有限的部分，而我们要的是全部，包括那些根本不存在的东西。

　　也许，文学的任务就是在现实与非现实之间建立无数个驿站，安顿那些疲惫的心灵，让人们心存幻想，又永不达到。

"通过后门能看到生活什么"？

　　记者：您曾试图通过"文学的后门"绕到生活背后去发现什么，"却歪打正着地发现了非理性可能是人类生活中最富有诗性的部分"。而《傻子寓言》又把荒谬推到极端，请问您这次试图通过这种独特的方式去发现什么？

　　大解：我曾经写过一篇随笔，谈论过这个话题。在这里，我再重复一遍。我试图通过荒诞性来解析这个世界，躲开物理的经验，从精神之路绕到生活的背后去，或者说穿透生活，看看它背后的东西。这种追查带有侦探的性质，试图发现日常经验所遮蔽或者被忽略的东西。经过一段时间的摸索，我错误地以为找到了通往生活背后的途径。但仔细分析以后我发现，生活只有现场，不存在背后。我所触摸到的部分只不过是它的非理性，而非理性也是生活的元素之一。

　　给生活下定义是困难的。生活是当下事件的总和，在庞杂和紊乱中保持着自身的秩序。我们从事件堆积的现场很难找到生活的核心，也难以在它的运转中稍作停留，正是这些构成了生活常新的本质和魅力。我企图绕到生活背后的努力并非完全是失败的，在此过程中，我歪打正着地发现了非理性可能是人类生活中最富有诗性的部分。文学的任务之一，我认为，应该有揭示和呈现它的义务。

在通常情况下，我们被纷扰的杂事所纠缠和蒙蔽，按照常规去处理日常的事物，往往把非理性排除在逻辑关系之外。实际上任何事物稍一扭曲、拆解和重组，都会改变它原来的结构，表现出新的形态。我通过寓言发现了许多不可能存在的事物，充斥在我们的生活中，构成了生活的多重性。可惜的是我们的思维方式具有很强的惯性和惰性，习惯于迁就表面化的东西，不愿意往深处和远处走，忽略甚至从来都不曾想过，生活中还存在着许多超常的有趣的层面。

基于生活只有现场这个基本的事实，通向生活背后的道路也将返回到生活现场，把非理性融入自身的伦理之中，构成生活的完全性和饱满性。因此，不管寓言中的故事多么荒诞离奇，也不会超越生活或走到生活的外边。生活没有之外，只有全部。我甚至认为，历史也在生活的现场，只是时间把它推向了远方。在"远方"和"此在"之间，是无数个"当下"在排列和延伸，与我们身处的现场接壤，构成一个不可分割的整体。引入时间这个向量以后，历史就变成了一出活剧，人们依次出场，然后隐退。因此，生活永不凝固。在生活的全部流程里，只有先后，没有背后。每个人在自己所处的时代里都是活的。按此推理，历史中不存在死者，只是出场的时间和顺序不同而已。

文学的功能是表现生活，揭示生活的本质，从中发现真理并反过来映照我们的生存。因此我们企图绕到生活背后的野心不是一种妄为，而是一次小心的试探。为此，我从两条路进行过尝试。一是从理性出发，通过严密的推理和运算，最后却得到了非理性的结果。一是从非理性出发，把荒谬推到极端，却意外地接近了事物中暗藏的真相。两种方式都走向了自己的反面。生活嘲弄了探索者，但文学却不必为此而羞愧。我没有找到生活背后的东西，却发现了生活中原有的秘密，隐藏在每一个细小的事物里。生活的现场是如此庞大而活跃，处处都散发着生机，只要我们迈步，就会出现奇迹。

《傻子寓言》就是这样一种尝试。在我的寓言里，每一个点都是旧的，但却生长着新的细胞，你将在其中看到无数的惊奇。

当代人能否成就史诗？

记者："大解写出了一部纪念碑式的作品，人们感到惊讶，陌生，疑惑，都是必然的，但我相信这部史诗立得住。它的诞生将成为中国诗歌史上的一个事件。"有人曾这样评价您的《悲歌》。也有人说一部《悲歌》足以奠定您的诗界地位，您如何看待？今后是否还有再写长诗的计划？

尽管您说《悲歌》的意义只是一次探索性行动，但读者还是从其中看到您构筑史诗建筑的野心，您认为在当下的民族文化和社会转型的背景下，史诗的诞生契机是否到来？一个民族要成就自己的史诗，需要哪些因素？

大解：在我们传统的认知观念中，一直把汉语中所缺失的史诗看作是不可企及的圣物，天然带有伟大的属性。实际上，史诗是个中性词，它只是一种具有结构的记事性的诗歌文体而已。我们不要一提史诗就小心和谦虚到敬畏的程度，好像我们的汉语不配有史诗，也不可能产生史诗。这不是民族自卑的表现，而是对于史诗的误解。我觉得这些误解的根源，还是与汉语诗歌的历史和发展脉络有关。从诗经开始，我们的汉语诗歌就被精致的抒情方式捆住了手脚，没有在叙事功能上得到进化。经过历代的演化，以抒情为主体的旧体诗歌体式越来越精致和小巧，以至于新诗发展百年以来的今天，有些人依然远离叙事，甚至把"宏大叙事"看成是妄想，加以嘲笑。这与本土上藏族、蒙古族、柯尔克孜族等保持着口头传承史诗的少数民族有着传统上的区别。

我国少数民族中流传的史诗，在口头传承过程中，不断加入传承者新的创作元素，是正在生长中的诗。因此说，史诗是个活体。一旦史诗被文字固定下来，就停止了生长。我的长篇叙事诗《悲歌》，是我个人的作品，没有整个民族集体参与创作的过程，也没有流传史。《悲歌》一出生就是文字，因此它与传统的史诗有着本质的区别。我把《悲歌》当作是一个实验品，以叙事为线索，以抒情为主旋律，以故事结构为框架，书写了一个完整的大寓言。我没有担当文化使命的责任感，我只是完成了自己的一个写作愿望，通过一个故事，把这片土地上这群人的生存史和精神史呈现出来。我依靠的不是创造力，而是文化整合力。如果说这部长达一万六千行的叙事诗奠定了我在诗界的地位，我倾向于认为这是人们在肯定一个集成者。我历时四年，于2000年写完《悲歌》，之后写了许多随笔，写了小说《长歌》，写了许多短诗和寓言，但失去了再写长诗的能力。写长诗是个力气活，也许我把力气用尽了，现在只能干些零活。

《悲歌》经过两次出版以后，在诗歌界赢得了一些影响，读者或许想，大解有构筑史诗的野心。这种设问当然有道理，但我还是想说，在写作之初，是故事的结构使我产生了持久的冲动，支持我用四年的时间一直保持着高度而稳定的创作激情，直至把它写完。我并没有建构史诗的野心，但写完以后，我发现我确实建构了一部结构完整的长诗。书稿交给出版社的时候，我只说这是一部长诗，出于对史诗的陌生和敬畏，打死我也不敢提史诗二字，但书出来以后我在版权页上看到，出版社把《悲歌》列为史诗而出版。这是我没有想到的。河北教育出版社的社长王亚民先生做了《悲歌》的责编，他是个有胆有识的出版家，对文史类图书非常重视和支持，他在任期间，出了许多重要的文史类图书。我要感谢他对《悲歌》出版所做的努力。

我认为在当下的民族文化和社会转型的背景下，诞生几部史诗是不值得大惊小怪的。因为新诗已经出现了百年，尤其是新时期以来，口语这种鲜活的语言进入诗歌以后，诗歌已经具备了叙事的功能，人们终于把书写和言说统一在一起；另外，诗歌已经从单纯的意识形态束缚中解脱出来，正稳定地走在艺术回归的路上，诗人们遇到了自己的黄金时期，在这样的背景下，产生什么样的作品都不算过分。实际上，一个民族并非必须有自己的史诗，比如汉民族，从来就没有自己的广泛流传的史诗，不也一样发展到今天吗？史诗是一个民族语言史和文字史综合演化的必然结果。如果一个民族没有史诗，他一定有另外的方式表现自己的生存史和心灵史。比如《史记》《三国演义》等，都是史诗性质的作品，只是这些作品不是用诗歌的方式表现出来。

当代文学该建构还是解构？

记者：著名学者、教授，国家图书馆馆长斧锐（詹福瑞）："当弄潮诗人们忙着解构一切时，大解却在《悲歌》中忙于建构。"您认为对于当代中华文化或民族文学，解构重要还是建构重要？该如何作为？

大解：这个问题应该由学者来回答。我身在其中，可能不识庐山真面目。我小心地认为，当下的中国文学，还在建构时期，还应该继续建构。我们还没有建构起自己的可供一个民族居住的精神大厦，就谈解构，有些不合情理。你还没有完整的建构，何谈解构？解构这个词，我认为是后现代主义的反讽、反理性、反文化、反崇高的一种破坏性的文化策略的核心概念，它是针对现代主义的一次反叛，把"人"这个主宰者推下圣坛，暴露出人的物性，同时强调生命的尊严和万物的均权。这是一次历史性的转变。人终于动摇了自己的核心地位。我们近期的许多文学作品，对人道、人性、人体的深度剖析，就是在用新的元素在建构自己的价值体系。诗歌在这方面的表现可能强烈一些。当下的许多诗歌作品中，身体的出场表明"人"这个动物已经赤裸，本能暴露出原始的属性。但我的诗离此较远，我比较愿意站在更宽的立场上写作，对人，对神，都保持着敬意。

清华毕业后弃工从文的缘由？

记者：从清华大学毕业后，您却放弃所学专业，弃工从文，选择了清贫的文学事业。您是否认为这是一种"现实的误会"？当时是出于何种原因？

大解：我大学里学的是水利工程专业，毕业后曾经做过水电站的建站和并网设计。由于热爱文学，后来把业余爱好当成了主业，主动改行，做了多年的文学杂志编辑和组织工作。真是应了那句话，性格决定命运。到现在为止，我认为我的选择没有错，我做了我所喜欢的事情。编辑，写作，都是很有意思的事。我在创作中，在语言的世界里发现或者说创造出了许多不可能存在的东西，这些东西丰富了我的生命，也是我的全部价值所在。

诗人被拉下了马？

记者： 目前有些民众对诗人持有"潜意识的非议"，甚至认为诗人"非疯即傻"，诗歌"胡言乱语"，诗人的形象和地位似乎一夜间被拉下了马，甚至得不到应有的尊重。您如何看待这种现象？对诗人在当下的生存处境如何评价？

大解： 民众对当今诗人持有非议，首先是来源于对新诗的误解。原因有多种：1. 几千年来，我们的传统诗歌一直是带有格律的旧体诗，孩子们从小就开始背诵旧体诗。在人们的潜意识里，只有那些有格律的旧体诗才叫诗。自由体诗虽然已经在中国发展百年，但文化的惯性依然把它挤在知识体系的边缘，还没有形成文化基因，在普通民众中没有得到普遍的认同感。2. 我们的教育体系在编写语文教材时，所选用的新诗，大多是些与政治多少带有一些关联的作品，在特殊的历史时期里，人们对新诗形成了相对固定的模式，以为只有那些激愤的、抒情的分行作品才配叫作诗。久而久之，人们对变化的新诗不愿接受，影响了新诗的认同。3. 我们的文化传媒机构，尤其是报纸和电视台，依然在把诗歌当作一种煽情的工具，一遇到重大社会事件，就适时推出那些适合于大喊大叫或神采飞扬的朗诵作品，以至于使民众认为，只有那些激昂顿挫的朗诵诗才是新诗，其他的诗都不可理解。4. 新诗的探索速度超出了读者的接受能力，没有迁就低能的读者，引起了一些人的不满甚至怀疑。尤其是接受过中文教育的所谓文化人，一旦新诗所做的努力与他们所学过的东西对位时出现了偏差和距离，就会得出否定的结论。5. 多元文化分散了人们的视野，使诗歌从政治中分得的有限资源在多彩的生活中一宵散尽，走向了彻底的边缘化，社会对诗人的关注度也随之消失。6. 后现代主义对于诗歌的影响出现以后，身体上升到人的高度，本能取代了崇高和神圣，一些反映生活本质的诗，里面或许夹杂着芜杂和不洁的东西，使一些具有洁癖和朝圣情节的人们无法接受这一现实，甚至产生了反感。7. 网络传播的兴起加速了诗歌的泛化书写，良莠不齐，使一些不了解诗歌的人感到失望。如此等等，不一而足。

除了以上这些新诗传播中存在的问题，剩下的问题就是来自于诗人本身。有些极个别的诗歌作者热衷于行为艺术，不在写作上下功夫，却在行为上装疯卖傻，故作惊人之语，以此来标新立异。而我们的国人还没有做好接受这些异端行为的心理准备，对于一些超出世俗规范的行为不能容忍，甚至仇恨。还有，与官本位并行的拜金主义盛行其上，诗人的贫穷和坚守精神被视为傻子，受到了俗人的蔑视。他们睁着美丽的大眼睛，却看不到诗人心灵中宝贵的精神财富。还有，凡是念过几天书的人都想在本子上写几句抒情的话语，以此认为写诗不过如此，仿佛人人都可称为诗人。凡此种种，都加剧了诗人形象的损毁。我想，一个诗人，首先应该是一个人，然后应该是一个精神健全的人，然后应该是一个有思想深度和宽广视野的人，一个有情趣的人，然后才是诗人。毕竟诗歌最后要离开诗人而独立存在，其他附加的东西都将散尽，诗歌文本将是接受人们检验的唯一标本。我劝真正的诗人们自重，拿出好的作品来证明自己；同时我也劝慰诗歌的围观者，不要把一些伪诗人的行为和作品无限放大，以此来诋毁诗歌，那就错了。

现在，我要回答一个我非常愿意回答的问题，"你对诗人在当下的生存处境如何评价？"我要说，我有许多诗人朋友，他们没有一个是"非疯即傻"之人。他们大多数都是事业上成功的人士，他们或为官，或从业，或当老板，都活得堂堂正正，殷实而富足。他们并非职业诗人，却都把诗当作是精神上最高的追求和享受，孜孜不倦，毕其一生而不弃，让我肃然起敬。我为拥有许多这样的朋友而骄傲。

解不开的"玉石之缘"？

记者：熟悉您的人知道您喜欢收藏石头，出游时也会随手拣石头玩，请问这是出于什么情缘？

大解：我收藏石头源于1996年，开会时路过一处河滩，大家下车休息，有人随手拣石头。那天我拣到一块带有图案的石头，带回家摆在案头。此后每逢节假日，经常与朋友们结伴，下河拣石头，多年来一直如此。我家里收藏的石头基本上都是我亲自从河滩里拣来的。石头是上帝的作品，其减法雕塑之美，让人惊叹。在我的审美观中，石头是硬货，具有永恒不变的性质。此外，我还喜欢玉器，尤其是在中国文明史中，玉器可以上溯到新石器时代，具有七千年以上的历史。玉器源远流长，文化信息丰富，且坚硬光润，适合于收藏和把玩，确实是好东西。此外，我还喜欢泥土。我做过几个泥塑，送给了朋友，虽粗糙不堪，朋友们却非常喜爱。这些都是对于物质的迷恋。在心灵上，我从小到大最崇拜的并非是诗人和作家，而是画家，尤其热爱国画，可惜我没有这方面的天赋，一笔也不会画，这真是一个莫大的遗憾。

2011年

在质疑和追问中辨别事物的真相

□ 哨 兵 大 解

超越荒诞，走向扯淡

哨兵：也许是你强烈的诗人身份使然，读《傻子寓言》，我总会记起兰波的《地狱一季》和《彩图》，还有波德莱尔的《巴黎的忧郁》等等不分行的经典之作。毋庸置疑，在想象力和创造力这两个重要的文学指标上，《傻子寓言》已具备了"向经典"的大气象，各个读者群在政治、历史、自然、人性、欲望、道德、伦理、童趣和诗意诸层面，都可以各取所需。记得《傻子寓言》起初在你的博客上叫《湖边的故事》，《人民文学》杂志首发时改名为《小神话》，集结成书才取名《傻子寓言》。书名变化如此之大，有什么秘密吗?

大解：请原谅我的孤陋寡闻，您提到的三部作品我都没有读过，但我读过兰波和波德莱尔的部分诗歌。我觉得不同民族之间，可能在想象力和创造力上，有着不同的体现。其不同点主要来自于精神层面。在以基督教为主导的文化背景下产生的西方文学作品，在精神上有一个巨大的笼罩——神在上苍，人处在他律之下，人在不断去恶的过程中逐渐完善自己的一生；而以儒教为主要传统的东方文化一开始就把人确立为基点，并围绕人这个核心，确立法典，把道德推向了终极，人在自律中走向完善和自我超越。这是两种完全不同的站位和思考方式。由于精神谱系不同，东西方文化之间形成了明显的差异，体现在文学作品上，想象力和创造力也大不相同。

基于这样一种文化背景，我站在人的立场上，写下了一些关于人的小故事。尽管这些故事涉及政治、经济、历史、自然、人性、道德、伦理等诸多层面，却始终围绕人这个核心，展开的幅度和深度，都没有超出人的范畴。这一点，既是我的落脚点也是我的局限。我承认，在我的身体里，上帝一直缺席。因此我的高度有限。

从个人的角度讲，我承认我的《傻子寓言》在想象力上是超常、离奇、荒诞的。我在取材于身边的现实生活时，同时考虑到隐性的非现实的元素，并把这二者结合起来，在作品中构成一个整体。在我的眼里，现实并非是平面的。现实有着许多层面和维度，但这些层面和维度并不是天然地呈现在你面前，而是需要你去穿透，游走，贯通，连缀，直到在它们之间建立起有机的联系，成为一个自由出入的空间。任何事物都有其遮蔽的部分，你发现了那些常人忽略或看不见的东西，并用新鲜的方式呈现出来，你就具备了创造力。想象力和创造力有时是分不开的，前者源于思维方式，后者是把这种思维方式转化为实体。《傻子寓言》就是这样一个实体。

《傻子寓言》最初叫《湖边的故事》，因为这些故事多为离谱、荒诞的东西，当时就取其谐音"胡编"二字，意为胡编的故事。《人民文学》首发时，根据故事性质改名为《小神话》。最后结集出版时，取为《傻子寓言》。从《湖边的故事》到《小神话》再到《傻子寓言》，不仅名称发生了变化，一个文体也得到了明晰和确认。确切地归类，《傻子寓言》不属于童话，也不是神话，应该属于当代寓言。因为这些故事大多是取材于当下生活，最终又超越现实走向了荒诞，成为一种新的文体。

《傻子寓言》出版后，我把傻子和寓言分离开，让傻子这个人物独立出来，成为寓言中的主人公，写出了《傻子寓言》第二部。在第二部里，作者和傻子之间既是朋友又是相互依存的对手。寓言本身也加深了荒诞性，有时简直就是扯淡。我非常喜欢寓言这种写作方式，它使我异想天开，无拘无束，比诗歌还要过瘾。

哨兵：寓言总是借用或假托动物的行动，道出人类生活中的种种问题，以进行劝谕或讽刺。纵观庄子、韩非子、伊索、乔叟等中外寓言文本，莫不如此。站在人类之外，却取拟人话角度讲故事，作者似乎可以更便捷地找到另一种眼光，去关照世界。但在《傻子寓言》里，那个老而且形迹可疑的傻子，站在一片来历不明的湖边，在场、真实，终究是我们中的某一个。这样虚拟故事的讲述者和场景，已经与传统的寓言拉开了距离，颠覆了我们固有的审美和阅读习惯。惊诧之余，我非常想知道什么催生了《傻子寓言》横空出世？

大解：这个提问非常有意思，也问到了点子上。传统的寓言总是愿意借用或假托动物的行为，用另外一种关照世界的方式，说出人生的某些道理。但我不这么做。我不愿意绕这个弯子。我发现了生活中的非理性之后，省去了隐喻之物，让人直接出场，面对面地出题和解题。这种方式不知是否有人用过，但我喜欢使用。我把人这个主体推到事件的前沿，到达一个不可置换的位置，不允许他推诿和妥协，他必须处理自身和世界的关系，不留一点余地。这似乎狠了点，但我要的是张力和效果。

我在寓言中舍弃其他动物，选择人这个主体，还考虑到我们的时代和处境。在人类历史上，近万年的农耕文明逐渐暗淡，在近两三百年的时间里，工业和信息时代迅速来临，科学取代了神话，人们每天都在创造着新的奇迹，人类的生活方式也因此发生了急剧的变化。在这样一个时代里，再借助动物们绕来绕去地来解释人类的原始梦想，恐怕不再是一种理想的方式。人既然已经走到了这一步，就应该直接站出来，接纳和承担这个世界，面对自己的命运。所以，人的在场不仅是必须的，也是不可推脱的。我们必须在真实的生活中找到立足点，毫不隐瞒地直取核心，揭示事物的本质，使那些被遮蔽的东西暴露出来，还原世界的真相。我深知这样写作的难度，但正是这些对我构成了诱惑，让我在人与人的相互关系中，领略到其中的紧张、悬疑、化解、生成等等意想不到的趣味。

在现实中发现非现实的元素，然后通过寓言把它还原为现实，需要勇气，也需要智慧。在写作中，我无意颠覆人们固有的审美习惯，而是出于便捷，把人确立为主角，以便省略掉转换的环节，直奔主题。如果将来出于写作的需要，我也许会邀请动物们来到我的作品中。毕竟动物也是生命这个大家族中的成员。这个世界是所有生命的世界，万物均权，即使是一只蚂蚁也有自己生命的尊严。

《悲歌》是一部叙事诗，也是寓言

哨兵：先应该说说这张文学路线图了：诗——长诗《悲歌》——小说《长歌》——《傻子寓言》。从短诗集《诗歌》发轫，你似乎一步就跨过了青春期的躁动，直接进入了老年写作，沉稳、豁达而内敛是你诗歌的特征。而长诗《悲歌》提前宣告了大解老年写作时代的来临，将近二十年时间，至转身进入小说《长歌》为止，你的写作很好地诠释了通透、包容和智性。不知你想过没有，《傻子寓言》于你，其实是一部"返童"之作。不是每个写作者都有能力让文学生命有悖常理，说说个中奥秘吧。

大解：对于我的写作史来说，诗——长诗《悲歌》——小说《长歌》——《傻子寓言》这个路线图确实存在。1996年底开始创作的长篇叙事诗《悲歌》，是我的一个转折点，我在诗中使用了结构，在叙事的框架内，完成了一部长达一万六千行的鸿篇巨制。写作《悲歌》用了四年时间，之后又用了将近两年时间，写了十万字的随笔《悲歌笔记》，前后历时六年。在这六年里，我一直生活在《悲歌》情节的弥漫和笼罩之中。这部作品构成了我生活和生命的一部分。《悲歌》的三部分——《人间》《幻象》《尘世》是一个回环结构，我力图通过一个人的生平而展开整个东方人群的生存史和心灵史。从整体上看，《悲歌》就是一部大结构的寓言。

从青春期写作到老年写作，跨越的不仅是年龄，主要是写作的心态。如果只就当下的个人而言，我活到一百岁也是处在生命进程的下游，没有老迈可言。如果站在人类历史的角度考察个体生命，我在遗传史上不断延续的种群链条中，不断变换身体和性别，生生死死，已经历尽沧桑。因此你说我从青春期直接进入了老年写作，也有一定的道理，因为我经常（不自量力地）以人类的身份在思考和说话。

《悲歌》之后很长一段时间，我处在一个写作的间歇期，这期间，我写了一部中篇小说《长歌》。《长歌》写的是一个人神共存的乡村，人们艰难生存和繁衍的漫长历程，以及梦幻般的农耕历史。我自认为这是一部基于现实而又超越现实的小说，其中的诗性大于结构，成了一个寓言。

写完《长歌》以后，我发现，在我心灵的施工现场，还有许多零星的碎片可以加工和利用，于是我尝试着把这些碎片写成独立的小故事，写多了，就产生了后来的《傻子寓言》。从我的写作脉络上看，我的《悲歌》《长歌》《傻子寓言》，都是寓言性的作品，包括我的短诗，也都有一定的寓言性质。我是在不同的文体之间，做了一些转身的动作，但在精神大势上，并没有离开命定的轨道。

我只是偶尔发现了其中的一些缝隙

哨兵：《傻子寓言》里一百六十七个故事，篇篇短小精悍、荒诞、滑稽，丝毫没给读者设置任何阅读障碍，大有"一网打尽"之势。考虑过将"傻子"形象引入连环画、动漫等读图领域吗？

大解：《傻子寓言》属于当代寓言。在写作中，我尽量使用新闻语言，以最平实的叙述方式把故事讲清楚，不给读者设置任何障碍。使用新闻语言的好处是，虽然表面上减少了虚幻的装饰效果，但在表现力上却突出了硬碰硬的语言强度，容易一下子击中读者，直接而有力。

《傻子寓言》出版以后，我回头去看，自己都感到可笑。在日常生活中，我承认自己有些幽默，但还没有达到荒诞、滑稽，甚至是扯淡的地步。也许是寓言这种文体容易激发一个人的想象力，把我的幽默推向了极端。这些寓言大多取材于现实生活，从身边的琐事中发现那些常人看不到的层面，把它指认和揭示出来。这些寓言比童话要直接，比神话要现实，没有太多的玄幻，所以比较容易接受。至于你说的"一网打尽"，我写作时并没有想那么多，但成书以后我发现，它真有可能网到很多人。无论你是思想家、哲学家、科学家、诗人、作家、学者、教授、大学生、中学生、小学生，无论你的年龄、工作、学养如何，都可以从中找到属于自己的东西。我的原则是，有什么说什么，不隐藏，不绕弯子，不表演，也不强迫你发笑或思考。我是在一本正经地讲述着发生在生活现场和生活背后的故事，我没有跟你开玩笑。如果你笑了，思考了，那一定是你自己从中看到了什么。

在《傻子寓言》第二部里，我作为作者，主动退回到作者本身，把傻子让位给傻子本人。我和傻子还原为作者和主人公的关系，并在其间产生了互动。我非常喜欢傻子这个人，我们之间经常相互捉弄（主要是我捉弄傻子），几乎达到不忍心的地步。但我们之间无论怎样折腾，都是在善与爱中体现幽默、荒诞和智慧，尽量把人性之恶挤压到边缘。现在，傻子的形象已经逐渐清晰，成了我心灵中的朋友。《傻子寓言》（尤其是第二部）具备很多漫画和动漫的元素，如果未来的某一天，你在连环画或者屏幕上看到了傻子哥的形象，那就是他走出了书本，以另外的方式在世界上游荡。我了解他的性格，那个憨实的家伙有可能这样做。

哨兵：听说你的傻子寓言系列之一《别笑，我是认真》即将面世，"傻子"形象却被你彻底颠覆甚至否定了。从作者的本体，转身为一个被作者嬉笑和讽刺的对象。为什么要让"傻子"转身？

大解：在《傻子寓言》中，我作为傻子而出面，讲述了一些故事，是不得已之举。因为那时傻子的形象还没有明晰，我只能代替他出场。这样做的失真之处是，作者和傻子都处在虚假而尴尬的位置，既不是相互映照，也不能各自独立，这就构成了用假象印证假象的证伪关系。

傻子的出走或者说转身，给他提供了充分的自由，使他的天地变得宽阔，同时对我也是一种解脱。我不再装疯卖傻地戴着傻子这个面具，用另一个身份讲述那些编造的寓言。这些角色发生转变以后，我和傻子都变得轻松了，谁也不用装，反倒加深了可信性。同时，我和傻子之间因为相互依赖与互动，彼此都不再虚假和孤独。由此产生的话题也增加了许多，可以生发的东西无穷无尽，傻子总是有事可做，我也总是有故事可写。

《别笑，我是认真的》即将面世，就是这些寓言的延续和集成，是不是好看，我就不自我表扬了，还是让读者说了算吧。

哨兵：有读者说《傻子寓言》"像小说那样惟妙惟肖，像散文那样充满抒情色彩，像诗歌那样意味深长"。无论是从文本意义，还是从业内外的反响来看，《傻子寓言》都称得上是一部奇书。您怎么看待？

大解：读者能够喜欢这本书，我很高兴。至于说"像小说那样惟妙惟肖，像散文那样充满抒情色彩，像诗歌那样意味深长"，这是读者对《傻子寓言》的赞誉，我还是觉得愧不敢当。

从体例上说，由于我的阅读视野有限，我没有见过类似的文体。《傻子寓言》这种寓言体，是否属于首创还是第N次发明并不重要，我要的是一种适合于我的表述方式。对于我来说，形式是次要的。如果说"奇"，我认为应该体现在内容的表达上。这一点，让我引用闻书小子在《小神话大智慧冷幽默》一文中的一段话，省得我在这里自夸："作者以轻松、幽默、智慧的语言，站在当代人的立场，用一百六十七篇精短寓言切入现代生活，直击现代人生存的紧张、焦虑、荒诞和无聊，给人一种酣畅淋漓的打击和剖析。真正进入阅读之后，竟分不清天上地下，弄不清身在何处。这个名叫大解其实也可以叫大傻的人，在他的脑袋里，思想无边无涯，生命无始无终，时间无长无短，甚至生活在大地上的人也无所谓生死。在他看来，天地可以交换，阴阳可以互通，一切皆可虚无，一切皆有可能。幽默，诙谐，异想天开，海阔天空，既具备优雅的人文品质，又拥有通俗的市井情怀。说它通俗好玩，老少皆宜，我觉得并没有吹捧的嫌疑。那种痴人说梦似的讲述，有点颠覆中国人想象力僵硬的企图呢。"

诗歌是我的一个精神器官，与我的生命紧密相连

哨兵：你的诗曾获得过许多重要奖项，比如鲁迅文学奖、屈原诗歌奖金奖、天铎诗歌奖等等，你对这些奖项怎么看？你获得鲁迅文学奖的诗集《个人史》与《悲歌》相比，哪个更重要？

大解： 我确实获得过一些奖项，但我更在意作品本身的艺术品质和广大读者的评价。对于一个作家和诗人来说，文本是第一位的，其次才是奖项。当然，获奖会提高一个作家的公众认知度，但时间终将会淘汰掉那些外在的浮华的东西，而剩下文字本身。如果文本禁不住时间的淘洗，得什么奖也没用。

《个人史》是我的一本诗歌作品结集。我的诗，一直在探索中。我试图把根基扎进故乡和童年记忆中，并由此展开个人的心灵史和身体史。我认为，诗与人是血肉关系。诗歌是我身体里长出来的东西，是我的一个精神器官，与我的生命紧密相连。它扩大了我的身体边界，使我具有了多种向度和无限的外延。因此，我的精神没有边疆。上帝没有做完的事情，留给了我，我是幸运的。我一直在不断挑战和超越自我，试图在不可能的世界中找到语言的可能性。我的尝试未必成功，但是业内给了我充分的肯定，这使我坚定了探索的方向和方式，我会继续走下去。

我至今仍然认为，我的叙事长诗《悲歌》（一万六千行）是我最重要的作品。这部作品构思用了四五年，写作用了四年，于2000年完成并出版，2005年再版，2016年第三版。我试图通过一个完整的结构，展示出东方人群的生存史和精神史。这样一个想法，没有结构是无法完成的。而在《悲歌》之前，汉语诗歌大多是些抒情片段，是碎片化的，很少有人使用结构。我尝试使用了，我叙事了，我得到了《悲歌》。在此前接受采访中，我曾这样说过："好坏不说，《悲歌》从体量上说是一部巨著，它所容纳的东西让我也感到震撼和茫然。许多人写文章评论它，我也写了十万多字试图解读它，但都只是论述了其中的一个侧面，无法触及全部。因为我在诗中使用了结构，而结构具有生长性，会把每一个读者都带入到个性化的解读和再创作中，完成自己的精神之旅。就字数而言，阅读这样一部作品，对人的耐力是个考验。我知道一部书和一个人一样，有它自己的命运，它出生在一个缺少叙事诗歌传统的文化背景中，确实有些突兀和傲慢，但我深信它会走远。在写作《悲歌》的四年里，我不是熬过来的，而是处在持续的激情中，像是在高原上约见众神，其愉悦和旷达，非常人可以想象。"

在这样一个读图和微信时代，人们的阅读习惯正在发生着变化，能够阅读一万六千行长诗的人，需要足够的耐心和毅力。我相信它不会有太多的读者。《悲歌》需要的是有效读者。它的价值和意义在于本土性和原创性，而不在于篇幅的长短。我写了《悲歌》，我的活干完了，剩下的是读者的事。

1974年创办民刊?

哨兵：据说你在年轻的时候创办过民刊，在清华水利系读书时曾经沉迷于先锋刊物，如今你如何看待那些经历？

大解：1974年，我和六个同乡高中毕业生，共同创办了《幼苗》杂志，我是参与者，詹福瑞、王进勤两人是主创。第一期每人出资两毛钱，只刻印了四本，上面刊载诗歌、散文、小说、故事等作品，我记得好像还有歌曲。后来，由于人们各奔前程，《幼苗》出到第四期后就停刊了。这段经历对我影响深远，使我成了终生热爱文学的人。

此后，在清华大学水利系读书时，我有幸接触到《今天》杂志，让我感到新鲜和震撼。其后在许多年里，我又有幸接触到大量西方美术理论，以及科学类书籍。我读书比较杂，这对我日后的创作提供了广泛的空间和素材。我写诗，写寓言，写散文随笔，还出版过小说，但我的主要方向是诗。我认为诗是最难写的，他考验一个人的感知力和穿透力。

现在看，如果没有早年参与创办民刊《幼苗》的经历，我可能在水利工作中干到老，成为一个工程师。是文学改变了我的生命历程，我要感谢文学，让我的心灵在有限的范围内，变得更自由。现在，我正在努力从诗歌中走出，把诗歌疏散和延伸，在其他文体中体现广义的诗性。

写作和收藏，哪个更有意思？

哨兵：我知道你收藏石头，据说你还雕刻石头，这些与你的创作是否有关联？

大解：先说石头。我从1996年开始收藏石头，经常在节假日里进山下河拣石头。石家庄喜欢收藏石头的人很多，慢慢地发展出一个买卖石头的市场，每年春秋两季都有大型石展，来自全国的上千家商家带着他们的集装箱来参加展销，每次我都有收获。

我认为，在自然艺术中，最能体现减法雕塑的东西莫过于石头。尤其是河滩里的那些卵石，经过上亿年的冲刷、摩擦和风化，表面上多余的东西都被淘汰掉了，剩下的部分仍然处在不断的减缩之中。一块石头的生成和死亡过程可能需要几亿年的时间，在这期间，自然作为塑造者对它们进行了不懈的削减，每一块石头都获得了自己的形体。

在石头中寻找艺术品，确实是一种审美行为。有些石头的质地和造型符合了我们的审美需求，给人以美的享受。当我们遇到那些简单到最佳状态的石头，你就无法不佩服自然的创造力。比之于人类的作品，更朴素、简捷、大胆，也更浑然天成，不可重复，你所见到的每一块石头都是孤品。

石头给我的写作带来的启示是：朴素，自然，简练，神性。有人说，玩物丧志，这对我来说恰恰相反，我的几部重要作品都是收藏石头以后写出来的，收藏对我构成了互补，滋养了我的心性，大自然教育了我，让我不再浮躁和轻狂。

除了收藏原始的石头，我还做过一些泥塑、玉雕，有时也雕刻石头。有些石头具备了某种雏形，只需一刀就可以勾勒出它的轮廓，每次遇到这样的石头，我就把它视为材料，以最少的雕刻，唤醒其内在的潜质，让它呈现出隐藏的部分。泥塑是加法，而雕刻是减法，去掉那些多余的东西，生命才得以彰显。我雕刻的功夫不行，非常粗粝，但粗粝也有粗粝的好处，多保留下一些原始的韵味，看上去更有质感。有时候，雕多了就是伤害。对于非常满意的石头，我从不雕刻，只是擦洗和养护，保持它原有的味道。

对于我来说，写作是生命与文字的互换，而收藏和雕刻是我的外来营养，也是一堂自然课，使我更加充实和健康，这两样，我觉得都有意思。

2018年4月27日

城市化进程中的乡土文学到底何为

——答《江南》杂志问

□ 陈 仓 大 解

陈仓：城市化最大的特点，就是农村的衰败，就是土地的消失，就是回不去的故乡，就是大移民时代的人性冲突。那么在城市化进程中，我们的文学到底应该写什么？在写的过程中到底遇到了什么困惑？请您结合自己的创作和思考，着重谈谈以下问题：

您是怎么看待城市化的？您认为城市化对文学起到了什么影响？

大解：城市化是人类由丛林文化到农耕文化之后的又一个进化过程。自从人类在地上建造出可供居住的茅屋，人们聚居的村庄渐渐出现在耕地附近，定居的生活成为农耕的必须要素之一。在近万年的农耕文化中，随着村庄的膨胀，城镇出现了，大型的城镇发展为城市，成了必然。尤其是工业化出现以后，城市化进程以爆炸式发展，在很短的时间内，地球表面上矗立起一座座高大宏伟的城市。必须承认，城市是人类的杰作。城市化改变了人们的生活方式，不断向天空伸展的高楼已经不仅仅是居所，也是人们工作的场地。继村庄之后，城市是人类聚居的又一个驿站。人类在前行的过程中，有征服天空的迹象，说不定在未来的什么时候，人类会居住在空中，如是，我们现在所居住的村庄和城市将成为一片片遗址。

当下，我们处在一个非常特殊的时期，农耕文化尚未远去，工业化和信息化迅速来临，网络突然笼罩了世界，人类的文明在我们所处的时代发生了巨大的转变。文学作为人学，面对这些突变，确实有些不知所措。传统的农耕文化和村庄记忆，正在经受洗刷和冲击，以实物为依据的村庄，包括晚近兴起的超大城市，都在虚拟的信息时代里变得脆弱和恍惚。也就是说，我们的灵魂还在恋恋不舍的村庄里，而身体已经进城甚至被强行推进了虚拟的世界。如今，笼罩一切的网络和每天出现的海量信息，不断把我们有限的记忆排挤出去，所有人都成了健忘者。尽管文学正在挽救人们的记忆，但遗憾的是，人类走得太快了，灵魂有些跟不上，文学正在失效。当我们的文学还不太适应城市化时，新的变革已经来到我们的身边，让我们更加茫然。

陈仓：乡土文学是否会随着乡土的消失和农村读者的减少而被边缘化？乡土文学还有什么样的发展空间？您在写作中是怎么处理这种题材的？

大解：乡土文学是农耕时代的产物。出于耕种需要，村庄和土地结成了牢固的关系，也形成了稳定的人类生存结构，并建立起相应的社会关系和道德规范。在几千年里，乡村是凝固的，适合于缓慢流逝的岁月。现代城市出现以后，时间突然加快了运转，一切都变了。村庄还在，但是人少了，城市像一个巨大的吸盘，把人们吸进城里，一场从未有过的人口大迁徙，对乡村构成了历史性的洗劫。随着乡土文化的逐渐解体，城市文化快速向乡村延伸，乡土文化被人们当作过时的东西抛弃和丢失。不可否认的是，人们一边感叹宝贵的乡土文化遗产的流失，一边埋怨现代城市的紧张、焦虑和疲倦，一边依赖甚至甘愿生活在拥堵和污染的城市里。在当下这样一种尴尬境地，乡土在流失，但乡土文学未必凄凉，反而恰恰是进入历史的有效通道，让人在回归净土时获得安宁。

乡土和村庄，承载着农耕文化的全部信息，深远而厚重，作为人类的生存背景，已经成为物质和精神的双重遗产，这些元素必然要渗透在文学作品中。因此，在向城市文化的快速转变中，乡土文学不但不会过时，甚至更加重要。

通常，我们把出生地或童年时期居住过的房子和村庄称为故乡，这没有错。但是，从生命的本体意义上说，肉身为本，母亲的身体才是人真正的故乡。在更多的时候，我在作品中愿意探究生命的源头和意义，以肉身体现个体的存在，不局限于具体的居住地，因为在我眼里，乡村和城市都不过是我临时栖身的地方。更进一步说，生命都是临时的，甚至死，都不是归宿，而是参与了万物的循环，周而复始，生生不息。故乡的本意收缩为肉身以后，生命的边界反而被打开，向永恒延展。我在作品中更多的是处理人与自身的关系，人与自然的关系，人与死亡的关系等等，故乡在作品中，只是一个出发点或立足点，不是意义所在。

陈仓： 城市化使许多人都成了移民，移民时代的特点很多。一是语言趋同：许多作家都在运用普通话写作，这对文学是一种伤害还是一种促进？二是生活方式趋同：这给作家的地域化写作与个性写作带来了极大的挑战，您是怎么应对这种挑战的？三是悬浮的生活：离开真正的土地我们如何让自己讲述的故事和人物能够扎根生活？

大解： 我就是城市移民。早年我生活在农村，后来到城里工作和生活。在我看来，不管在哪儿都是为了活着。农村有农村的舒适和局限，城市有城市的便捷和空间，各有各的问题，各有各的好处。我并不讨厌城市生活，而是把城市当作一个超大村庄，里面聚集着各色人等，非常有意思。人多了，口音不同，为了交流，你就必须说普通话。用普通话写作也就成了必然。我觉得语言的唯一功能就是为了交流。随着人口的流动和生活的同质化，方言很难流传下去，消失是早晚的事。我觉得文学是指向人心的，语言只是一种表达工具，一种必须的介质，并不是最重要的东西。所以，不管用什么样的语言写作，只要人们能够看懂就行。我觉得人们的生活方式趋同，才是个重要的问题，想想看，假如一个国家的人们都过着完全相同的生活，该是多么枯燥无味。至于说悬浮的生活，我觉得不用担心，因为不管人们两脚踩在泥土上还是踩在水泥板上，都是在生活，只要作品写到了人，就不算脱离生活。文学作品不像树木一样，必须在泥土中才能扎根，文学的根在人心，深入了人心，就是扎根。

陈仓：城市化使得城乡冲突、社会矛盾和文化渗透更加激烈，现实中发生了许许多多奇事、怪事，有时候远远地超出了我们作家的想象，而作家最大的创造就是想象，针对实现我们作家的优势是什么？您是如何挑选那些素材的？

大解：城乡之间的冲突，不仅是物质上的，更主要是观念上的冲突。适合于稳定的农耕文化的价值观被动摇和冲洗之后，代之而来的新的道德秩序还没有建立起来，人们在失范中前行，茫然和焦虑，加剧了社会矛盾和冲突。我愿意把文化渗透理解为人们主动或被动的选择，物竞天择，生存方式决定人们如何选取生存策略。从逐渐消失的乡土文化看，城市文化暂时占了上风，人类的向好心理，说明现代城市具有一定的优越性。

当下，乡土文化经受了前所未有的冲洗，在城市化向往中，乡村显得尴尬而无奈。随着人口的大量流失，村庄出现了诸如空心化、留守儿童和老年人、土地荒芜、道德滑坡、家庭撕裂等等许多问题。在城乡差别的压力下，人心变形，给乡土文化带来了真正的危机和伤害。人们一边制造并努力适应着不断加剧的矛盾，一边伤感地喟叹民风不古，乡土变了。能不变吗？

面对现实，作家的责任就是如实反映这个急剧变革的时代，记录人们在变革中的心路历程。作家的想象远远不如现实精彩和丰富，如何消化、认识和选取这个时代给文学提供的素材，需要作家的胸怀，也需要克服繁华的浮力，沉入到生活的底层，抓住人们的命根子，写出见血见肉的作品。在这场大变革中，我庆幸自己有过农村生活经历，具有与生俱来的生命资源，我在作品中，既迷恋梦幻般漫长的农耕时代，也愿意接受新生活带给我的冲击力，并且敏感、宽怀地享受着生活给予我的丰富性。

陈仓： 现在似乎有一种苗头，就是呼唤乡土的回归，有一些人开始回归农村、回归自然，您认为这是不是一种未来的发展趋势？会不会三十年河东三十年河西，让回归乡土变成一种主流呢？

大解： 人们乐于回归乡土，肯定不是源于文学的需要，而是生存的选择。城市虽然拥有乡村无法比拟的公共资源配置，但是，随着人口的急剧膨胀，城市的拥堵和喧嚣，也使生存变得不那么惬意。因此，回归乡土，成了一种优雅的追求。这是有闲阶层的雅好。对于大量迁徙进城的农民，还没有切断乡土的脐带，会很长时间游离于城市和乡村之间，对于这个庞大的群体，不存在回归乡土的问题。故乡只对游子而存在。一个一辈子都生活在一个地方的人，根本就不存在故乡这个概念，他只有居住地，没有故乡。

通常，我把故乡理解为一个地理概念，一个曾经居住过的地方。前面我曾说过，母亲的身体才是我真正的生命的故乡。从这个意义上说，一个人一旦出生，就开始了流浪，永远也无法还乡。在浩如烟海的生命洪流中，人们争相出世，然后一代代消隐，回头望去，所有前人都是生命的遗址，沉淀着我们的血缘和骨殖，也成为压迫我们的厚重的历史。与故土相比，我更倾向于探究身体史。我的身体中隐藏着前人的全部信息，终有一天，我也将老去，成为一个遗址，而从我身体出发的新人，也将向死而生，不给自己留下还乡的余地。

单从居住的角度讲，身体也是我们最小的居所，皮肤包裹着人的一生，里面居住着灵魂。正因为身体的封闭性和单一性，个人在获得独立性的同时也承受了真正的孤独。就像疼痛不会超出身体，个人永远无法离开自身。类似囚笼的个人身体，其好处是具有灵活性，使人在局限中获得了独自活动的自由。这是顶层设计的结果：上帝喜欢自立的人，于是让我们离开他，以独立的身体活在世上。

说远了，离题了。打住。

陈仓：您认为城市化还会持续多久？第一波"进城文学"是以《陈奂生上城》为代表的，您是第二波"进城文学"的代表作家之一，您认为"进城文学"之后，什么文学会成为时代的文化符号？

大解：在中国，城市化的进程正在加快，传统意义上的乡村正在逐渐解体和消失，代之而来的必将是城市化后的新乡村。我们不能简单地否定城市化给乡村带来的积极作用，但也要正视城市化本身存在的问题。不管怎么说，留住古老乡村的记忆，都是一个紧迫的问题。有人说，要留住乡愁。我不认为乡愁是一个很好的词汇，里面毕竟带着无法排解的愁绪、愁苦、愁怨等等。贫穷困苦的乡村，怎一个愁字了得。但没有了乡愁，我们的文化遗存中就会缺少一些味道，一些重要的信息。

当下，一些进城作家返身扎根于乡村这块精神沃土，试图解析城市化以后乡村精神的坍塌和撕裂，对大变革时代人性的扭曲和裂变，人的无奈、贪婪、抵抗、挣扎、拼搏等等，进行深度探寻。这是文化转型期必须经历的过程，一个作家赶上这样一个复杂多变的时代，是幸运的。由于城市和乡村的差异很难在短时间内缩小，这种由经济和社会发展形成的结构性矛盾，还将持续很长时间，并构成相互间的版块式挤压和错动，我们的社会和人心必将经历一个震荡和痛苦的过程。

但是，如果仅仅把城市化作为乡村转型的对应物来看，就太简单了。在我看来，城市也是一个人群聚居的场所，或者说是人类发展中一个必经的驿站，并不带有天然的原罪。如果一个作家有足够的胸怀，应该有能力包含城市和乡村，把大地上现存的一切人类文明作为层次不同的背景，纳入精神视野，加深我们自身的深度和宽度。在这样一个背景下，人类史诗般的前行历程，每一步都将使我们赞叹不已。

因此，我对城市化抱有乐观的积极态度。当有一天，古老的乡村焕发出新的生机，像城市一样富有，并保持着不同的文化形态，我们会修正自己的观点，并对已经消失的乡村文化报以惋惜、理解，甚至释然。我们会在一种平和的心态中，正视人类的每一步进程，并承认其合理性。那时，文学不再有立场，只有魅力。

2017年8月30日